15 Heidenreichstein
14 Gmünd
16 Lichtenfels
22 Ernstbrunn
23 Klein-Ebersdorf
12 Freistadt
Schlögen
8
19 Gedersdorf
13 Bärnkopf
17
Ranna
18 Göttweig
20
Tulln
Greifenstein
21
Linz
9
10
St. Florian
11
Grein
6
Aistersheim
Meggenbach
5
26
25
Wien
29
28
27
Hainburg
30
31
32
Deutsch Altenburg
7
24 Heiligenkreuz
Eisenstadt
34
33
Sauerbrunn 35
Schafberg
92
St. Wolfgang
91
Totes Gebirge
43
44
Loser
45
Altaussee
40
Eisenerz
Weichselboden
39
Rottenmann
41
42
46
Dachstein
47
48
Ramsau
49
Schladminger Tauern
38
Donawitz
51
Unzmarkt
50
Murau
Graz
37
Riegersburg
36
Rosennock
54
eißeck
57
Schwabegg
52
Maria Wörth
53
Klagenfurt

IM FLUG ÜBER ÖSTERREICH

Flugbilder von Lothar Beckel

Texte von Gerhard Stenzel

Gondrom Verlag

Inhalt

Flugaufnahmen überraschen oft. Was aber ist an ihnen wirklich „neu"? Der Blick aus bisher nicht gekanntem Winkel auf Bekanntes. Das unbegrenzte Sehen von nicht fixierbaren Standorten her. Wenn man will, auch das standpunktlose Sehen. Ein unbelasteter, schwereloser Blick auf Landschaften, Städte, Berge, Bauten, Flüsse. Ein Betrachten nach Belieben, mit oder ohne Perspektive, aus jeder Höhe, aus jedem Winkel, in jeder gewünschten Verfremdung. Erträumtes wurde Wirklichkeit. In all seiner Größe und in oft verwirrender Gestaltlosigkeit.
Viele Bilder von oben erscheinen wie eine Bestätigung früher künstlerischer Visionen. Visionen, wie sie uns anfänglich fast erschreckten. Strukturen der Großglocknerpasterze, die Farben im Seitenarm der Enns, Schattenzeichnungen der Winterbäume, das Baumwipfelmuster, während des Fliegens kommen solche Motive jeden Augenblick auf uns zu. Es sind keine Zufallstreffer.
Möglich, daß es den Menschen seit je nach solcher Standpunktlosigkeit drängte. Nach Bildern, die gültige Vorstellungen von Perspektive, Umriß, Fläche und Gestalt aufheben. Oben ist unten, unten ist oben. Begrenztes ist entgrenzt, Überkommenes ungültig, Bestehendes fraglich.
Der Blick nicht mehr nach dem Fotogenen, dem „Ordentlichen", Bildhaften, der Blick nur noch auf Grundrißkompositionen, auf ein unausschöpfbares Strukturenreservoir, auf Phantasmagorien von Farbkonstellationen, wie sie sich pausenlos anbieten, läßt für einige Zeit die gewohnten Begriffe vergessen, die irdische Realität, erschafft eine neue Freiheit. Nur Gebilde sieht man, lineare und flächige, Gebirge, Talschaften, Ebenen, Anlagen, Konstruktionen. Wo beginnt für das so inspirierte Auge etwas wie Geschichte? Wo ist hier Politik? Wo sind die Staaten, Völker, Reiche? Düstere Abstraktionen, Verirrungen des Geschöpflichen, als das erscheinen sie dem Bildner im standpunkt- und schwerelosen Zustand der Schau.
Ob es nicht das gezielte Ändern der Standorte und Standpunkte war, das es dem Menschen ermöglichte, sich die Welt zu erobern? Ob Standpunktlosigkeit nicht die einzige Chance ist, im engen menschlichen Konnex zu bleiben inmitten einer sich ständig wandelnden Mit- und Umwelt?
Es scheint der Blick von oben auch gewisse Landschaften und Bildungen unten so recht zu erschließen. Die Seele eines Berges, das Gesicht einer Stadt, die innere Gestalt eines Bauwerks. Erst jetzt, so meint der Betrachter, erkennt er die Signatura rerum, wie sie Jakob Böhme verstand, die eigentliche Bedeutung der Dinge dieser Welt.
Also von Gewicht ist Schau nur dann, wenn der Orientierungspunkt fehlt, von dem aus betrachtet, auf den hingeschaut werden muß? Wenn keine Mitte gegeben ist? Der Goldene Schnitt fehlt? Weder Maße noch Gesetzlichkeiten gelten?

Blickmöglichkeiten von unendlich vielen Standorten revolutionieren wohl das Sehen, zwingen zum Umdenken. Seit je aber drängte solches Sehen den Menschen auch zur wissenschaftlichen Bewältigung, zur Bestätigung durch neue Begriffe und durch die Zahl. Seit man um die Jahrhundertwende erste Flugbilder „schoß" und sie seit über fünfzig Jahren wissenschaftlich auswertet, sind sie für einige Forschungszweige unentbehrlich geworden. Mit ihrer Hilfe wurden neue Rohstoffquellen erschlossen, entwickelte sich die moderne Kartografie. Sie ergaben neue Einsichten in die Zusammensetzung der Erdoberfläche, Küstenmorphologie, Forschungen über Unterwasservegetation und Umweltverschmutzung sind ohne Flugbild unvorstellbar geworden. Kultivierung und Besiedlung sind heute oft nur noch von oben her zu planen. Alles so selbstverständlich wie die strategische Aufklärung und die Verkehrsüberwachung vom Flugzeug aus.

Die Wissenschaft nützte die neue Sicht von ihr unbekannten Standpunkten nur dazu, um scheinbar Gesichertes in Frage zu stellen, es neu zu erforschen. Archäologen und Limnologen kehren nach Experimenten in fünf- und zehntausend Metern Höhe zur Erde, auf das Wasser zurück, graben und messen. Die Bilder von Carnuntum und der Mündung der Bregenzer Ache in den Bodensee stehen hier für viele.
Was künstlerisch und wissenschaftlich vollzogen ist: die Überwindung der klassischen Raum- und Zeitvorstellungen, der Glaube an die Gerade als der kürzesten Verbindung zweier Punkte, was für Künstler und Forscher Gewöhnung ist: eine Konzeption, ein Neubeginn im perspektive- und schwerelosen Zustand, dazu erscheint auch der alltägliche Mensch aufgerufen, das Ich und das Du von heute. Staffelei und Reißbrett, auch das Flugbild bieten sich als Anregung und Hilfsmittel an. Wir müssen die neuen Bilder lesen lernen!
Der Mensch verläßt die irdischen Maße nicht, um sich zu entgrenzen, er will sich vielmehr neu begrenzen. Er fliegt nicht, um sich von der Erde zu entfernen, er möchte ihr näher kommen. Er plant nicht vom Flugzeug aus, weil es Mode ist oder bequemer, sondern nur weil wir erst von oben her gewisse Zusammenhänge erforschen können. Wir erheben uns nicht in die Luft, um zu genießen, wir wollen nur wieder deutlich genug erkennen, wie klein der Mensch und wie groß die Natur, Erde, Welt und Gott sind.

Österreich aus der Luft, aus hundert unbekannten Blickwinkeln von oben, fordert dazu auf, das Österreich von unten neu zu entdecken. Flugbilder, bunte Details, blieben für uns nur gewöhnliche Illustriertenbilder, bezögen wir sie nicht allesamt auf ein Ganzes. In unserem Fall auf Österreich. Auf das Österreich der Gegenwart und der Vergangenheit. Dieses Buch wäre kein Buch, sondern nur eine unverbindliche Kollektion von Österreichbildern, die hundert Aufnahmen blieben für jeden ästhetische und geschmäcklerische Einzelerlebnisse, setzen wir sie nicht untereinander in Beziehung. Erst dann wird die auf den ersten Blick anscheinend nicht genug „repräsentative" Bildauswahl ein verbindliches Ganzes, erscheinen Bild und Text als „ein Beitrag zur Strukturanalyse des Landes".
In jedem Bild aber zeigt sich Österreich auf eine besondere Art. Aus jedem Bild sind Heimat, Reiseland und Staat, ihre Geschichte und ihr Jetzt in einem zu erkennen, ähnlich wie aus Kapillaren der ganze Mensch.

Bücher wie das vorliegende entstehen nicht wie von ungefähr. Im Rausch früher Flugerlebnisse, während erster Kapriolen in 2000 Metern Höhe, „schoß“ der Bildautor erste verwertbare Belichtungen aus der Luft. Die linke Hand am Knüppel der Cessna 150, die rechte am Auslöser einer Tele-Rolleiflex. Kleine Sturzflugabenteuer auf der Jagd nach Motiven, die sich anfänglich am besten aus 150 Metern Höhe boten, brachten Einsichten: Interessen des Fotografen und Flüge „an der Haustür vorbei“ konnten nicht zu jeder Zeit in Einklang gebracht werden, endeten womöglich auch nicht immer so klaglos wie die ersten hundert Male.
Der fliegende Begleiter mußte gefunden werden.

Er fand sich wie selbstverständlich. In idealer Gestalt. Nach fünf Jahren gemeinsamer Bildjagd bedarf es zwischen Dr. Beckel und dem Major i. R. der Luftwaffe Friedrich Oeser nur noch Blicke, knapper Winke: die Cessna schwenkt ein, trudelt ab, kurvt, fällt, steigt. Die Schüsse sitzen im Ziel.

Die Ausbeute beider, des Fotoschützen von heute und des Kampffliegers von einst, in 500 bis 5000 Meter Höhe, ist mit einer Hasselblad 500 EL mit den Objektiven Zeiss Planar, 80 mm 1 : 3,5, und Zeiss Tessar, 250 mm 1 : 5,6, „aus der Hand geschossen“. Als Material diente Agfachrome Professional 50 S, durchschnittlich mit $^{1}/_{500}$ sec bei Blende 5,6 belichtet. Die Bilder des Bandes stellen eine Auswahl des Verlages aus etwa 3000 Dias dar, die zwischen 1969 und 1973 entstanden sind.

Nordsüdliche Ehe

Zwei Bauwerke, Festung und Dom, akzentuieren die Stadt. Nach der mittelalterlichen Burg bildete sich das gotische Salzburg. Von ihm blieben das Kaiviertel, der Ort des einstigen Juvavum, und das Viertel an der Salzach. Hier ist noch eine Platzkonzeption des 13. Jahrhunderts zu sehen, der Alte Markt mit den unregelmäßig versetzten Häuserfronten. Längst verstümmelt, geschäftstüchtig façoniert, jedoch ist das kleine Wunder Getreidegasse.

Gotische Häuser, an die hundert, standen auch um das alte Münster, das einst größte diesseits der Alpen. Erzbischof Wolf Dietrich von Raitenau, Sohn der Clara von Medici, ließ es brennen, als es brannte, und bis auf den letzten Stein zerstampfen, als es eingestürzt war. Zum Planer für eine Idealstadt nach seiner Vorstellung berief er den Palladioschüler Vicenzo Scamozzi aus Venedig.

Und so kam es: mitten in die gotische Enge wehte bald ein Hauch von San Marco, von Dogenpalast und südlichen Kolonnaden. Doch fügten sich die Platzkonzeption, die Zentralraumidee der Renaissance, und das Langhaus des neuen Domes, Salzburgs ältestem, schönstem Sakralbau, der romanisch-gotischen Franziskanerkirche. Dem wuchtenden Domchor paßten sich bald darauf die barocken Außenwerke der gotischen Festung an.

Keine gültigere, keine nachhaltigere Bekräftigung der glücklichen nordsüdlichen Ehe als Mozarts Musik. Melodie und Rhythmus, in deren Aufschwung sich das Unwiederholbare noch einmal ereignete.

Salzburg. Festungsbereich mit Nonnberg und Kaiviertel, Domviertel und Festspielhaus, Franziskanerkirche und Glockenspiel.

Moränen und Zungenbecken

Vor Jahrtausenden stieß der Eiszeitriese auf den Buchberg — mit seinem Nordabfall noch im Bilde rechts — und teilte sich. Zungenbecken bildeten sich, das der Trumer Seen im Vordergrund, des Wallersees im Hintergrund. Der breite Moränenrücken mit den kleinen Egelseen trennt sie. Bajuwaren des 6. Jahrhunderts siedelten hier auf keltoromanischem Boden. Einschlägige Fundorte im Trumerseen-Gebiet und an der Römerstraße Juvavum–Ovilava (Salzburg–Wels) jenseits des Wallersees beweisen es. Die Weiler, Haufen- und Kirchdörfer entstanden meist über den Altsiedelgebieten nach den großen Rodungen des 12. Jahrhunderts.
Wie am unteren Bildrand deutlich erkennbar, setzten die Salzburger an die rechteckige Grundform ihres Haupthauses rechtwinkelig das Stallgebäude. Es entstand die unverwechselbare T-Form des Flachgauer Hauses. Kleine Nebenbauten, die es umstellen, verhinderten, daß sich Innenhöfe bildeten.
Der größte Ort, Mattsee, ist eine frühe Klostersiedlung. In einer Vitrine im Stift sind die Reste jenes Eichensarges zu sehen, in den man im späten 8. Jahrhundert den ersten Abt des damaligen Benediktinerklosters bettete.

Der Salzburger Flachgau mit Obertrumer See, Graben- und Mattsee, im Mittelgrund rechts der Wallersee, im Hintergrund das Höllengebirge und der Schafberg.

Der Wiesengrund

Ein solches Bild rege, wie behauptet wird, nur zu viererlei Arten von Betrachtung an: Altphilologen, die an die Ableitung des Wortes Mäander, Angler, die an Fische, Studienräte, die an Belehrungen denken. Romantische aber hören gleich das Wässerlein gluckern. Wird ein Kunstverständiger nicht auch Hans Thoma und seine heile Welt zitieren? Werden andere Betrachter sich nicht einfach nur freuen über das Bild? Sich freuen über einen solchen Wiesengrund in der nächsten Nähe der Festspielstadt Salzburg?

Wiesenbach im Oichtental bei Nußdorf nördlich von Salzburg.

Die Urlandschaft

Im Zweigbecken des Salzachgletschers bildeten sich Moore, Verlandungen des riesigen spätglazialen Sees. Bürmoos, Zehmemoos, Roßmoos und Waidmoos, Waldmoos, Haigermoos, Moospierach, Vormoos und Moosdorf sind Namen rund um das mächtige Ibmer Moos.
Hinter den Endmoränen des Gletschers hielten sich Seen, kleinere, größere. 200 Jahrtausende und länger formierten sich rund um sie ungestört Fauna und Flora. Relikte der Erdzeitalter, eines Jahrmillionengeschehens. Zwei Jahrzehnte fortschrittlichen Bade- und Campingbetriebes machten ihnen den Garaus.
Im Erholungs- und Naturschutzgebiet St. Pantaleon lösen blaue Tafeln wohl die Parkplatzprobleme. Sie mindern aber nicht den Motorenlärm, das Benzin- und Ölwolkengemisch rund um den See.
Dieses Flugbild läßt es fast vergessen: Mit nur wenig Ausnahmen sind in Europa während der letzten Jahrzehnte Seen und Küsten am nachhaltigsten zerstört, devastiert worden.

Der Höllerer See in Oberösterreich, nordöstlich von Oberndorf bei Salzburg.

Der Vierblattler

Fast wie ein Herrenhaus steht das Wohngebäude im Hausruckhof den zum Dreikant zusammengeschlossenen Wirtschaftsgebäuden gegenüber. Ist der „Vierblattler“ mit dem gewalmten Zeltdach aber doch einmal in einen Vierkant einbezogen, bleibt er firsthöher, sieht reservierter, vornehmer aus als die Scheunen-, Stall- und Schupfengemeinschaft um ihn.
Im Hausruckhof finden sich alte Spreißl- und Leistentruhen. Ihr Schnitzwerk erinnert an die Gotik. Bauernkunst ist hier noch Glaubenskunst. Darüber hat sich Franz Stelzhamer, der Innviertler aus dem benachbarten Piesenham, der Zeit verständlich zu machen versucht. Allerdings in einer Mundart, die sich nur Eingeborenen völlig erschließt.

Meggenbach bei Haag am Hausruck, Oberösterreich.

Das Vierkantschloß

Österreichs schönstes Wasserschloß aus Renaissancezeiten im Land der bäuerlichen Vierkanter bezeugt Bauernschicksal.
Die mittelalterliche Wasserburg hatte 1471 Wolfgang von Schaunberg sturmreif schießen, brechen und plündern lassen. Erst fünfzig Jahre später begannen die Hohenfelder mit dem Neubau. Noch bezeugen drei spitzbogige Tore die spätgotische Zeit. Der alte Rittersaal nimmt zwei Stockwerke und eine ganze Schmalseite des Gevierts ein. Um 1600 war vollendet, was wir heute sehen.
Gegen Achaz von Hohenfeld erhoben sich 1595 unter Lazarus Doppler die Bauern. 1620 verschwor sich der protestantische Burgherr gegen den Kaiser. Mit dem Pfleger Franz Kessel, der sich mit Bauern im Schloß verschanzt hatte, machte ein bayerisches Heer kurzen Prozeß. Man köpfte und spießte ihn, die Untertanen endeten auf Bäumen im Ort.
Fünf Jahre danach erhoben sich wieder die Bauern. Adam von Herberstorf hatte ihrer 38 an einem Maientag auf dem Haushamerfeld um ihr Leben würfeln und 17 henken lassen. Damals setzte sich Achaz Willinger im Schloß fest. Der Herberstorfer ließ es stürmen und verwüsten.
Erst als sich die Hohenfelder wieder katholisch bekannten, bestätigte ihnen der Kaiser ihren Ritterstand. Die Söhne der Bekehrten wurden Grafen, die Enkel erbliche Reichsgrafen: 1824 starb der Letzte des Geschlechtes. Seither ist das Schloß in bürgerlichem Besitz. Neuerdings ist es allgemein zugänglich.

Aistersheim in Oberösterreich, westlich von Wels.

Das Vierkanterland

Inmitten dieses so erfreulichen Ganzen, dem riesigen Fluren-, Felder-, Busch- und Gartenmosaik, liegen die Vierkanter, einzeln, in Klein- und in Großweilern. Es sind zweigeschossige, 30 bis 50 Meter im Geviert geschlossen und firstgleich gebaute Wohn-, Scheuer-, Schupfen-, Speicher- und Stalleinheiten. Zu ihnen gehören meist 10 bis 50 Hektar Grundbesitz. Die ältesten finden sich um Sierning, die mächtigsten im Florianer Landl.
Oberösterreich zählt an die 14 000 solcher wehrhafter bäuerlicher Sitze. Sie sind noch in Gutau zu sehen, nahe der böhmischen Grenze, einzelne sogar an der niederösterreichischen Mank bei Melk.
In solchen Vierkantern nördlich Steyr finden sich heute noch hin und wieder Kasten und Truhen aus dem 17. Jahrhundert mit rotgelbem Rankenwerk auf schwarzer Grundierung. In einem der Höfe um Kremsmünster entdeckt man vielleicht noch einen prächtigen Jahreszeitenkasten. Sie sind innen und außen bemalt, buntes Allegorienwerk innerhalb blaugefelderter Rahmen.

Die Traun-Enns-Platte bei Kremsmünster. Das Ackerland dehnt sich über eiszeitlichen Deckenschottern und Schwemmland.

Am vierten Durchbruch

Klöster, Burgen und Denkmäler zu Ereignissen der deutschen und österreichischen Geschichte säumen die vier ersten Donaudurchbrüche, die Ereignisse der Erdzeitalter sind. Die wild-ungestüme Passage des Flusses durch die Schwäbische Alb eröffnet Beuron, das altehrwürdige Benediktinerkloster, und beschließt Sigmaringen, das Hohenzollernschloß. Kloster Weltenburg und die bombastische Kelheimer Befreiungshalle mit den 18 Jungfern auf Strebepfeilern markieren den zweiten, den romantischesten Donaudruchbruch, Passaus Dom, Kloster und Schloß den dritten, den belebtesten. Das Trappistenkloster Engelhartszell, vier Burgen und drei Burgruinen säumen den Strom vor dem einsamsten aller Durchbrüche, dem vierten. Keine Straße erlaubt die Donau hier neben sich. Auch den alten Nibelungenweg verbannt sie zwischen Schlögen und Aschach von ihren Ufern.
Längst haben wirtschaftliche Interessen am Nibelungenstrom, der künftigen Europawasserstraße Nr. 1, historische Reminiszenzen aus Großvätertagen verdrängt. Wien wird sich 1981 auf dem Wasser mit Amsterdam, London und Hamburg verbunden sehen, später mit Kiew, Prag und Warschau. Eine Stau- und Kraftstufenkette erstellte in einem Rahmenplan die österreichische Donaukraftwerke AG am 350 km langen österreichischen „Silberband der Donau“: Zu den schon bestehenden Stufen Passau-Kachlet, Jochenstein, Aschach, Wallsee-Mitterkirchen, Ybbs-Persenbeug wird bald im Vollbetrieb die Staustufe Ottensheim kommen. In der Folge soll Österreichs großem Energiespeicher noch bei Mauthausen und Melk, Rossatz und Grafenwörth, Tulln und Klosterneuburg bei Wien, Regelsbrunn und Wolfsthal Kraft abverlangt werden.

Die Donauschlinge östlich von Schlögen in Oberösterreich. Mit Oxlau links und Hinteraigen rechts des Stromes. Oberhalb des Donauufers, in der Bildmitte des Hintergrunds, Schloß Neuhaus an der Mündung der Großen Mühl.

Der Weiße Amur

1956 begann man den Baggersee, Abfallprodukt der alten Autobahnbaustelle, mit Millioneneinsatz systematisch zu sanieren. Die steilen Uferböschungen wurden abgeflacht, Betonwege, Park- und Campingplätze mit Zapfstellen für Trinkwasser und Duschen angelegt. Linz sollte seinen Lido haben. Nebenbei sprach man auch von „Landschaftsbereinigung" und „Gewässerschutz", von „Umweltverschmutzung" war damals noch nicht die Rede.
Heute bestätigen die Gewässeraufsicht des Amtes der oberösterreichischen Landesregierung und die bundesstaatlich-bakteriologische Untersuchungsanstalt amtlich einwandfrei klares Wasser, auch bei 50 000 Besuchern täglich. Das mag mit der hygienischen Disziplin zusammenhängen, die den Badenden abverlangt wird. Sogar maßvoller Gebrauch von Sonnenöl wird empfohlen. Großreinemacher im See aber ist seit kurzem der Weiße Amur. Ein Abkömmling jenes asiatischen Kiemenatmers, der zu London und Wien in Nobelrestaurants serviert wird.
Der in unseren Breitengraden unter dem anspruchslosen Namen „Graskarpf" gezüchtete Fisch nährt sich im Pichlinger See so gut wie ausschließlich von den gefährlichen Algen.

Der Pichlinger See, südöstlich von Linz an der Donau. Von Südwesten her angeflogen, kommt er zwischen Autobahn und Westbahn, mit der Donau und dem Mühlviertler Bergland in den Blick.

Das Doppelvierkantstift

Schon bei seiner ersten Planung hatte Carlo Antonio Carlone, berühmter Baumeister oberösterreichischer Stifte, den mächtig behäbigen Vierkanter in seine Überlegungen mit einbezogen. Er war 1676 dem schmalbrüstigen gotischen Klosterbezirk vorgebaut worden. Um die Gestalt des neuen Stiftes den imposanten Bauerngehöften des Landes anzugleichen, ließ der Lombarde den mittelalterlichen Konventsbereich südlich der Kirche zu einem geschlossenen Geviert erweitern. An Stelle der niedergerissenen gotischen Basilika sollte ein Bau entstehen, der Il Gesù in Rom nachempfunden war.
Für die Endgestalt des Stiftes St. Florian vorliegende Entwürfe in der üblichen Barockmanier verwarf der Italiener nach einigem Zögern im letzten Augenblick. Kurzerhand fügte er dem Geviert an der Kirche vielmehr ein zweites, größeres, den Stiftshof, an.
Das Doppelvierkantstift sollte zeitgemäß im Stil des Landes repräsentieren: in der Bibliothek und den Kunstsammlungen des Ostflügels die halbtausendjährige Tradition der Augustiner-Chorherren; in den Prälatenzimmern des Westflügels die Stellung des geistlichen Oberen, der als Prälat dem oberösterreichischen Landtag angehörte; in den Kaisergemächern, im Marmorsaal, den Landeshauptmann- und Tafelzimmern des Südflügels die Würde des geistlichen Grundherrn, der irdischen „Herrlichkeit", die dem Kaiser untertan war.
Karl VI. untersagte nach dem Tode Carlones den Weiterbau des Stiftes. Doch berief Födermayer, der neue Propst, ein Bauernsohn der Umgebung, Jakob Prandtauer, den Bauernsohn aus St. Pölten. Er sollte vollenden, was der Norditaliener entworfen und zum Großteil bereits aufgerichtet hatte. Mit Risalitkompositionen, der genialen Treppenhauskonstruktion und einer prächtigen Innenausstattung erhielt St. Florian jetzt seine unverwechselbar österreichische Note.
In dieser irdischen Klosterschloßherrlichkeit huldigte Anton Bruckner, Bauernsohn aus Ansfelden bei Linz, Domorganist, Professor für Kontrabaß, Kontrapunkt und Orgel, der göttlichen Majestät. Seinem Wunsche gemäß bestattete man ihn unter dem Wunderwerk des Franz Xaver Krismann, der Orgel, die seinen Namen trägt.

Stift St. Florian in Oberösterreich, südöstlich von Linz an der Donau.

„Trauerschmaus“ am Greiner Strudel

Stundenweit ringsum war das Tosen zu hören, mit dem sich hier noch zu Zeiten der großen Kaiserin der Strom durch den böhmischen Granit zwängte. Von zitternden Donaufahrern, die, auf dem Dach ihres Schiffleins zusammengedrängt, unter lauten Gebeten und ohne viel Blick für Städtchen und Umgebung abwärts schwammen, berichten Adalbert Stifter und Josef von Eichendorff. Die Geschichte des Strudels und dessen Regulierung demonstriert ausführlich das reichhaltige Schiffahrtsmuseum in der Greinburg oberhalb der Stadt.
Das einstige „Geräune“, auch „Gerein“, gab dem Ort am Eingang in den Strudel-Strudengau nicht nur den Namen, es verhalf ihm auch zu Wohlhabenheit. Greiner Bürgern allein war es vorbehalten, verängstigte Donaufahrer und Kaufleute samt Waren und Bagage auf dem Landweg nach St. Nikola zu „schiften“. Für sie allein galt in Friedenszeiten auch das Strandrecht — sich der Güter anzunehmen, die der Strom besonders in der „Freithofslacken“, Endstation vieler Donauschiffe, reichlich lieferte.
Um wartenden Kaufleuten die rechte Kurzweil zu bieten, nebenbei auch zur Aufbesserung der Gemeindekasse, begründeten die frühzeitig fremdenverkehrsbewußten Greiner ein Theater. Buchbindermeister Franz Xaver Dörer hatte die Idee und brachte am 30. November 1790 an höchster Stelle auch den Antrag ein. Laut Ankündigung ging am 13. Januar 1793 im noch heute erhaltenen ältesten Theater Österreichs „Der Trauerschmaus oder Bäckermeister Kasperl“ über die Bühne. Greiner agierten, Greiner kassierten.
Grein besaß damals nicht nur einen schon sozial denkenden Gemeinderat — ein Teil der Theatereinnahmen floß den Armen zu, die seit Kaiser Josephs Reformen keine Klostersuppen mehr erhielten —, die Ortsgewaltigen zeigten sich auch in Dingen des Strafvollzugs ihrer Zeit um zwei Jahrhunderte voraus. Da im Getreidespeicher beim Rathaus, am Ort des Theaters, auch der Gemeindekotter untergebracht war, gestattete man seinen Insassen, durch eigens angefertigte Fenster am „Trauerschmaus“ auf der Bühne teilzunehmen. Nicht nur das. Das P. T. Publikum wurde in der Folge dazu verpflichtet, bei jeder Vorstellung Eßwaren für die Malefizianten abzuliefern. Zum kleinen Freudenschmaus in den engen Zellen.

Grein im oberösterreichischen Strudengau.

Eine mittelalterliche Stadt an der böhmischen Grenze

Die Nachbarn von der Oberen Moldau um Budweis erinnern sich heute gern daran, daß ihre Vorfahren vor 150 Jahren ohne jede Paßformalität zum Wochenmarkt nach Linz an der Donau reisen konnten; mit der ersten Pferdeeisenbahn. Sie führte knapp an Freistadt vorbei.
Schon die Landesväter vor 800 Jahren zeigten sich besorgt um den Fremdenverkehr in der Stadt an der Feldaist. Der glorreiche Leopold gestand den Freistädtern das Recht zu, Kaufleute, die zwischen Donau und Budweis unterwegs waren, zu nötigen, erst einmal in ihrer Stadt abzuladen. Drei Tage hindurch mußten sie hier ihre Güter anbieten, Salz und Eisen, „Venediger Wahr", Zwirn oder böhmisches Glas, mit denen über Schlesien bis Rußland und über die Balkanländer bis Ägypten gehandelt wurde. Die Tore, Erker, Fenster, die Hausfassaden, Hallen und Lauben der Gotik, der Renaissance und aus der barocken Zeit, etwa in der Böhmer- und Salzgasse, am Höll- und am Stadtplatz bezeugen: an diesem „Stapelrecht" und „Meilenrecht" haben die Freistädter Wirte, Kaufleute, Bürger samt Hintersassen die Jahrhunderte hindurch ganz schön verdient.
Was ist eigentlich „bezaubernd" an solchen mittelalterlichen Städtchen? Das Flugbild zeigt es deutlich: das Ganze, die Baukomposition. Wie sie entstand? Da waren unternehmerische Männer, tüchtige Handwerker. Die legten um die alte Burg im Westen an der Salzstraße eine kleine Siedlung an. Ihre Nachkommen hielten sich im Verein mit dem Landesfürsten und mit viel Sinn fürs Zweckmäßige an das urgotische Baukonzept. Sie errichteten dem alten Bestand zeitgemäß angepaßte Baublöcke, verbanden die neuen Viertel durch Rasterstraßen — mit künstlerischem Blick in fast melodisch geschwungener Unregelmäßigkeit — und schufen auch den großen Rechteckplatz. Nirgends war da eine geometrisch abgezirkelte „Neustadt" entstanden. Gotik hatte Romanisches verwandelt, Renaissance und Barocke zerstörten, belebten, formten und benützten, was sie vorfanden.
Schon in der zweiten Hälfte des 14. Jh. hatte der habsburgische Landesherr das sich also erweiternde Handelszentrum an seiner ausgesetzten Nordostecke durch eine neue Burg abgesichert und Freistadt mit doppeltem turmbestückten Mauerwerk und Graben umgeben lassen. Vergeblich fuhren wenig später im Gelände ringsum die Wagenburgen der Hussiten auf.
Zum Glück blieb das „Juwel der Vergangenheit" bis heute unversehrt. Das kam, weil man in der Gründerzeit das Freistädter Becken einfach übersah und weil heute die südlich gelegene Linzer Vorstadt das moderne Industrie-Tohuwabohu dem ehrwürdigen Gemäuer vom Leibe hält.

Freistadt, nördlichste Stadt Oberösterreichs, liegt an einem uralten Handelsweg von der Donau nach Norden. Im Mittelalter landesfürstlich und Hauptort des Mühlviertels, ist der Ort planmäßig angelegt, erweitert und gegen Einfälle von der nahen Grenze her befestigt worden.

Bärnkopf

Bärnkopf und Pernkopf, Perwolfs, Pertholz, Perthenschlag und Pernau, Perndorf, Pernwald sind wie Perthon oder Perfall Namen aus der Rodungszeit. Als im wüsten Herzynischen Wald noch Wolf und Bär wechselten, zwischen Iller und Kamp, Moldau und Donau. Als Begegnungen mit ihnen noch Merkdaten setzten und namengebend wurden.
Vor 800 Jahren wagten sich Siedler im Nordwald, dem heutigen Wald- und Mühlviertel, nicht weit über die Flußtäler des Kamp und des Weitenbaches hinaus. Spätere Herren des Landes hatten kaum Interesse an Siedlern in ihren riesigen Jagdreservaten um die Bärnköpfe, den Weinsberger Forst, den Königswald und die Tiergartenberge. Noch wie vor Hunderten von Jahren benötigt man zu Fuß zwei und drei Stunden von Bärnkopf bis zur nächsten größeren Siedlung, nach Großperthenschlag, Gutenbrunn oder Martinsberg. 25 Kilometer ist es von der rauhen Waldhochfläche bis ins milde Ispertal, nach Pöggstall, dem „Meran des Waldviertels".
Der Wald in dieser Höhenlage hat noch durchaus „montanen" Charakter. Früher bestand er vornehmlich aus Tannen und Rotbuchen. In vielen Teilen des Waldviertels fiel besonders die Rotbuche der Köhlerei und der aufkommenden Glasindustrie zum Opfer, auch dem Kahlschlag. Heute dominiert fast überall die Fichte, die einst nur ein Talbaum war.
Im Waldviertel wechseln Einzelsiedlungen und Dörfer, meist im 11. bis 13. Jahrhundert begründet, in bunter Reihenfolge. Im westlichen Teil des Granitlandes bieten viele Dörfer den Anblick von regellos zusammengestellten Einzelhöfen.

Bärnkopf am Weinsberg im Waldviertel, nördlich Pöggstall, Niederösterreich. Mit dem Schlesingerteich im Vordergrund.

Kreislaufbelebungsversuche

Eintausend Kilo Roggen brauchen bis zur Reife sechstausend Liter Wasser, fünfzig Kilo Kartoffel benötigen zehntausend Liter. Eine Birke mittlerer Größe gibt pro Tag durchschnittlich sechzig bis siebzig Liter Wasser an die Atmosphäre ab, an heißen Sommertagen bis an die fünfhundert Liter.
Biologisch totes Oberflächenwasser, schwindendes oder verseuchtes Grundwasser stören diesen Gesamthaushalt der Natur, gefährden den lebenserhaltenden Wasserkreislauf von Landschaften, eines Tages womöglich die Ernährung ganzer Erdteile.
Die Agrar-Industrie Ges.m.b.H., Gmünd, verarbeitet jährlich 100 000 Tonnen Kartoffeln, täglich bis zu 350 000 Liter Milch zu Trockenmilchpulver verschiedenster Sorten, zu Sirup, Traubenzucker und Stärkederivaten.
In einem der grundwasser- und niederschlagärmsten Gebiete Österreichs gelegen — 500 bis 600 mm Jahresmittel Niederschlag bei 1200 mm österreichischem Jahresmittel —, sieht sich der Betrieb mit anderen Unternehmen dazu gezwungen, die Abwasserreinigungsanlagen zu vergrößern. Die drei Becken, ein viertes ist im Bau, sind Teile des vollbiologischen Reinigungsverfahrens. Eingebaute Belüftungswalzen unterstützen die Belebung des Wassers. Ein Teil wird verregnet. Rasch verwerten Pflanzen und Gräser das fein versprühte Sickerwasser. Alles nur Versuche, das krank gemachte Lebenselixier zu kurieren, den von Menschenhand empfindlich gestörten Wasserkreislauf in Gang zu halten.

Abwasserbecken bei Gmünd an der tschechoslowakischen Grenze in Niederösterreich.

Eine Waldviertler Wasserburg

Der Kastellan hat die kleine Menschentraube in der Burghofschlucht soeben ins Bild gesetzt: auch die an- und ausflatternden Dohlen im klaffenden Riß des mächtigen Turmes, das Storchenpaar auf dem bizarren Renaissancekamin links im Vordergrund gehören seit eh und je zum jahrhundertealten, bald tausendjährigen steinernen Rundum. „Dieses ist die größte, besterhaltene älteste . . .“, beginnt er dann sein Repertoire.
Superlative in der sensationslosen, teich- und tümpelreichen Landschaft dieses Waldviertler Winkels. Ebensoviel Merkwürdiges. Vierzehn Meter hoch liegt der Einstieg in den 40 Meter hohen Bergfried. In seinem fünf Meter starken Mauerwerk gibt es teilweise nur schulterschmale Treppen mit einer Stufenhöhe von 50 und 60 cm und einer Trittbreite von 20 cm. Ein Gewölbe in diesem Turm zeigt über 800 Jahre alte Holzfasern von damals schon angewandten Schalungsbrettern. Gebälk, dem umgestülpten Rumpf eines mächtigen Viermasters gleichend, überdachte in dieser Burg schon im 15. Jahrhundert einen zehn Meter hohen Riesenraum, den man dann erst im 18. durch Einzug einer Zwischendecke bewohnbar machte. Trotz solcher in spätgotischer Zeit wie nutzlos überwölbter Luft besitzt dieser Wasserriese eine der kleinsten Burgkapellen Österreichs; nur ein winziges Gemach im östlichen Rundturm diente der Andacht. Auch weist das zyklopische Gemäuer mitten im Ort, mit dem so imposant hochgezogenen Stütz- und Kaminmauerwerk, den rundbogigen Zinnen, Rundtürmen und Holzgalerien außer zwei Zugbrücken keine nennenswerten Verteidigungsanlagen auf. Kein bedeutenderes historisches Datum, nicht einmal das einer Belagerung von Rang, ist mit diesem mächtigen Unikum zu verbinden.

Burg Heidenreichstein im niederösterreichischen Waldviertel, nordöstlich Gmünd. Im Mittelalter Teil der Grafschaft Litschau, der Reichsgrafschaft Raabs zugehörig. Im 14. bis 17. Jahrhundert Grenzburg gegen Böhmen, Sitz der protestantischen Herren von Puchheim.

Tursenrecht

Lichtenfels war eine Zwergherrschaft. Sie grenzte im 13. Jahrhundert an den Riesenbesitz der Kuenringer. Wahrscheinlich auch einer der Gründe, warum sich die Herren auf Burg Lichtenfels „Tursen", das ist soviel wie „Riesen", nannten.
Mit Herrschaft und Burg Lichtenfels steht die erste in deutscher Sprache abgefaßte, erhalten gebliebene Privaturkunde Österreichs in Verbindung. In ihr bestätigt Hugo der Turs dem Pfarrer von Friedersbach Schenkungen seiner Vorfahren. Er gesteht dem Geistlichen auch die niedere Gerichtsbarkeit über die Grundholden zu, behält sich jedoch vor, sie selbst auszuüben.
Wie diese frühe Gerichtsbarkeit unter den Tursen gehandhabt wurde, erfahren wir aus einem Dokument von 1495, das jahrhundertealtes Rechtsbrauchtum des Herrschaftsgebietes Lichtenfels erstmals schriftlich aufzeichnet. Dieses Banntaiding von damals hielt fest: Wer Zäune beschädigt, zerstört oder versetzt, den solle man bis zur Irxen — bis zur Achsel — eingraben. Der Kopf solle ihm abgeackert werden, der Körperstumpf aber habe als Feldstein stehenzubleiben. Allenfalls könne der Geköpfte auch verkehrt eingegraben werden, und die emporragenden Beine könnten als Grenzpfähle dienen.

Burg Lichtenfels am Ottensteiner Stausee in Niederösterreich, östlich von Zwettl. Die zweihöfige Anlage mit romanischem Bergfried, Palas-Kemenaten-Ruinen und Burgkapelle mit romanischer Apsis ragte einst hoch oberhalb des engen Kamptales empor.

Die wiederentdeckte Kirche

Es war ein Herr von Grie, der sich vor etwa 900 Jahren im Hinterland der Wachau eine große Kirche erbauen ließ und in einer kleinen Burg neben ihr hauste. Es waren die reichen Neidegger, die im 16. Jahrhundert Burg und Kirche zu einem wohlbefestigten Schloß mit vielen Räumen verbauten. Und es war ein Mann unserer Tage, Laurent Deleglise nannte er sich, der nach 1930 in dem von ihm ersteigerten Besitz die alte Kirche wiederentdeckte, sie mit viel Kosten von allen Einbauten befreien und restaurieren ließ.
Die Burgkapelle zum hl. Georg, ein reich mit romanischen Fresken geschmückter Sakralbau mit einst zwei Vierungstürmen über einem östlichen und einem westlichen Querschiff, ist im deutschen Sprachgebiet einzigartig und die wohl größte Burgkapelle ihrer Art. Der gurtengewölbte, knapp nach 1100 entstandene hochromanische Raum ist nur mit dem von St. Emmeran vergleichbar. Säulenkapitelle in der tieferliegenden Krypta tragen frühromanische Reliefs von geheimnisvoller Größe.

Burg Ranna bei Mühldorf in Niederösterreich, westlich von Spitz in der Wachau.

Die Klosterburg

Aus der Burgenzeit des wehrhaftesten der österreichischen Klöster ragen noch die Rundtürme des alten Torwarthauses empor und die Sebastianskapelle mit der „Schmiede“, rechts im Bild. Auch die Stiftskirche erinnert in manchem an die frühere romanische Anlage, den noch gotischen Chor erneuerte man im 16. Jahrhundert.
Die Klosterburg des Bischofs Altmann von Passau entstand unweit vom „burgum“ des heiligen Severin, des Apostels von Norikum. Sie widerstand 1529 den Türkenscharen, denen Dürnstein, Aggstein und andere Burgen zum Opfer fielen. Solcher Tradition sollte nach dem großen Brand von 1718 das neue „Göttweih“ entsprechen, wie es Abt Gottfried von Bessel plante. Es war das Jahr des Friedens von Passarowitz, als der berühmte Herausgeber des Chronikon Gottwicensis den Lukas von Hildebrandt, Baumeister des Türkensiegers Prinz Eugen, mit dem Neubau beauftragte.
Im Zeichen der neu erstehenden Monarchia Austriaca war an der Stelle des einstigen Bollwerks der Gregorianischen Kirchenreform, der jahrhundertelangen Wirkensstätte cluniacensischer Benediktiner, eine wehrhafte Stätte der Künste und Wissenschaften geplant. Eine Schule für den jungen Adel im Namen jener Klosterburg, die dem Erbfeind des christlichen Europa widerstanden hatte.
Hildebrandt entwarf eine fünfhöfige Anlage mit Bastionen und Basteien, der ganze Berg war in die architektonische Gestaltung einbezogen. Doch blieb dieses österreichische Monte Cassino unvollendet. Als die Stiftskirche fertiggestellt war, hatte sich der patriotisch-barocke Überschwang bereits erschöpft. Das war 1765, das Jahr, in dem Maria Theresia ihren Sohn Joseph II. als Mitregenten berief.
Der Entwurf des Baumeisters, die fertiggestellten Trakte mit Kaiserstiege — sie dehnt sich über den ganzen dreigeschossigen Nordwestteil —, Altmannssaal und Fürstenzimmern geben einen Begriff von den Ausmaßen der geplanten Gottesburg. Die Apotheose des Paul Troger in der Kuppel des Stiegenhauses versinnbildlicht die hohe Absicht: vor der hellen Erscheinung Kaiser Karls VI. als Gott Apoll im goldenen Triumphwagen, schneeweiße Rosse sind ihm vorgespannt, weichen die Dämonen der Finsternis. Pallas Athene stürzt sie in die Tiefe. Siegreich steigen im Gefolge des Habsburgers die Genien von Kunst und Wissenschaft empor.

Stift Göttweig in Niederösterreich, südlich Krems in der Wachau.

Die chinesische Lößlandschaft

Seine Werke über China, geomorphologische Studien aus Ostasien, Spezialuntersuchungen über den asiatischen Löß und Steinkohlenvorkommen im Reich der Mitte hatten den Geologen und Geographen Ferdinand Freiherrn von Richthofen weltbekannt gemacht. Der Gelehrte, 1856/57 auch in Tirol und Wien als Forscher und Lehrer unterwegs, führte 1860 die erste preußische Expedition nach Ostasien an. Ihm zu Ehren bekam die nördliche Kette des Nanschan an der Grenze nach Tibet und der Wüste Gobi den Namen „Richthofengebirge“.
Als man sich zwei Jahre vor dem Tod des großen Forschers, 1903, daranmachte, seinen 70. Geburtstag zu würdigen, wandte sich das Geographische Institut Berlin an die Wiener Universität. In einem Schreiben bedauerte Berlin unter anderm, es fehle für ein Album, das dem Gelehrten überreicht werden sollte, an einschlägigen Ansichten von Gebieten, in denen er geforscht hatte. Vor allem sei es Berlin trotz vieler Bemühungen nicht gelungen, auch nur eine einzige Fotografie der chinesischen Lößberge zu beschaffen, über die Richthofen ja einschlägige Arbeiten veröffentlicht habe.
Wien hatte nichts Originales zu bieten. Doch fand man einen Ausweg und übersandte eine Aufnahme von Lößterrassen zwischen Krems an der Donau und Gedersdorf.
Als der Gefeierte bedächtig das Album durchgeblättert hatte und seinen Dank sagte, meinte er unter anderm: „Meine Herren, was mich jedoch besonders erfreut: Sie haben mich mit einem so typischen Bild der chinesischen Lößlandschaft versehen!“

Lößterrassen mit Weinkulturen bei Gedersdorf nordöstlich von Krems an der Donau, Niederösterreich.

Awarenringe, Streifenfluren und Zwerchhöfe

Im Anflug auf das Straßendorf des Tullner Feldes wird aus zweitausend Metern Höhe das weißlich-graue ringhafte Gebilde unter den Äckern immer deutlicher sichtbar. Ist es einer der hier so lang gesuchten Awarenringe?
Gern glaubte man an die Entdeckung. Doch schon längst steht fest: ein Hitzeriegel, wie es viele gibt, vor Jahrmillionen entstanden, als sich die Erdkruste bildete, kann solche Gebilde hervorbringen. Mergelschichten, feine Alluvien der Donau, östlich auch Konglomerate, von Süßwassern und Meeren der Erdzeitalter abgelagerte Schotter-, Lehm- und Lößschichten machen das Tullner Feld und das südliche Marchfeld zu den ertragreichsten Getreideböden Österreichs. Frühe Ackervölker zogen hier erste Furchen. Nachfolger schufen die ausgedehnten Zwerchhofsiedlungen. Wohngebäude bilden geschlossene Straßenfronten, Ställe und quer zu den Block- und Streifenfluren gestellte Scheunen schließen Hofräume ein. Weizen, Gerste, für eigenen Gebrauch, vor allem Hafer, Roggen und Knollenfrüchte sind die Hauptertrâgnisse.

Im Tullner Feld, Niederösterreich.

Am Nordkap der Alpen

Hier allein, am Nordkap der Alpen, nirgends sonst, netzen Donauwellen den Alpenrand. Hier, in der Enge bei Altenberg, endet auch das Alpenvorland. Sanftgewellt, feld- und wiesenbedeckt bildet es den Nordsaum des großen Gebirges, vom Genfer See her. Im Bayerischen ist es über 150 Kilometer, bei Melk nur sieben Kilometer breit.
„Am Hangintenstein" des Mittelalters, auf dem die Burg des Griffo stand, Greifenstein, hatten schon die Römer Grenzsteine gesetzt, zwischen ihren Provinzen Noricum ripense und Pannonia superior. Mit letzten Reservaten stößt hier auch die Fauna des alpinen Nadelbaums auf den mitteleuropäischen Mischwald, auf die einst ausgedehnten Eichenwälder Pannoniens. Jenseits des Stromes beginnt das Land der Weiden, Erlen und Pappeln. Das Reich der Graugänse des Konrad Lorenz, der Uferläufer und Regenpfeifer, des Eisvogels und des Pirol, des Bibers, der Bisamratte und der kleinen Nager.
Hier auch, wo der Wienerwald die Donau erreicht, enden die schneereichen Winter und herb-kühlen Sommer. Nur der Pelz schützt gegen die allesdurchdringenden pannonischen Fröste, die Steppenwinde, und nur der nackte Mensch erträgt zuzeiten mit einiger Würde die tropisch-feuchte Hitze des Sommers im wildwuchernden Auland am Strom.

Die Donau bei Greifenstein in Niederösterreich. Rechts die Ruine der einstigen Burg mit Restaurationsvorbau. Links die Donauauen zwischen Korneuburg und Stockerau.

Ein Schloß in den Leiser Bergen

Leer und verlassen Saal- und Zimmerfluchten über wappengeschmückten Toren um vier Höfe. Einsam, mit frühbarockem Brunnen, der Park aus Rokokozeiten.
Im einstigen Burgenteil am äußersten Ende des langgestreckten Gemäuers wohnte nach 1221 die Stammutter der preußischen Hohenzollern, Sophie, Tochter des Grafen von Raabs an der Thaya, Witwe nach Friedrich von Zollern. Wohnlicher gestalteten das alte romanische Gemäuer in Gotik und Renaissance die Schaunberger und Maissauer. Zum Barockschloß erweiterten es die Sinzendorfer. Neuen Glanz wollte der Heimat seiner Ahnen um 1800 Graf Prosper von Sinzendorf geben und baute Klassizistisches an. Sein Plan eines romantischen Schloßmuseums verwirklichte sich nicht.
Die rauschenden Wälder am Hang des Semmelbergs, Äcker, Dörfer, der Markt, viel Land, einst alles Besitz der Schloßherrn. Heute beherrscht das große Zementwerk Ernstbrunn Gegend und Umgebung.

Schloß Ernstbrunn, südwestlich Mistelbach in Niederösterreich. Im 11. Jahrhundert urkundlich, Aus- und Umbauten im 16. bis 18. Jahrhundert.

Tumuli

Zahlreich noch ragen im östlichen Grenzland geheimnisvolle kreisrunde Erdhügel empor. Im Viertel Unter dem Manhartsberg allein über 50, nach weiter nicht feststellbaren Absichten über das ganze Gebiet verstreut, schon im ersten Jahrtausend errichtet.
Diese „Hausberge", kegel-pyramidenstumpfartig mit oft auch zwei ovalen Plattformen, waren Standorte kleinräumiger Holzburgen, Vorläufer der Steinburgen. Noch weisen Wall und Graben, Zu- und Auffahrt auf die einst sicher palisadengeschützten Wehranlagen aus frühester Zeit. Die Tumuli boten Zuflucht vor wilden Tieren, waren Aussichtsplätze im ebenen Gelände.
Nicht zu verwechseln sind die oft ausgedehnten Hausbergaufschüttungen mit den kleineren „Leebergen". Drei-und-fünf-Meter-Hügel, die eine Urkunde um 890 nachweist . . . ad illos cumulos, quos levir vocamus — bei jenen Hügeln, die wir als Levire bezeichnen. Diese Erinnerungs- und Grabhügel an Gemeindegrenzen heißen noch heute „Lebern". Ortsnamen wie Breitenlee, Schotterlee, Mallebern und Langenlebarn verweisen auf sie.

Hausberg bei Klein-Ebersdorf, südlich von Ernstbrunn, Niederösterreich.

Nulla sit discordia

Die Mönche des Ordens von Citeaux arbeiteten, feierten, beteten und sangen nach der einen Regel. Sie sollten auch allerorten nach einer Ordnung siedeln, in nach einheitlichen Maßen gebauten Räumen leben. Nulla sit discordia — kein Unterschied, nirgendwo.
Inmitten einer Waldwildnis beim ostfranzösischen Dijon, im clara vallis, ließ Bernhard von Clairvaux die Plantype eines Zisterzienserklosters errichten. Heiligenkreuz in Niederösterreich, 1133 begründet, ist im 12. bis 14. Jahrhundert im Sinne dieses Einheitsbaues angelegt und erweitert worden. Obwohl im Barock zum Teil niedergerissen und verändert, zeigt das Stift doch noch Grundriß und Trakte des romanischen Gründungsklosters.
Wie vom Heiligen vorgeschrieben, liegt die Mönchssiedlung in einem Tal. Der Sattelbach führte genügend Wasser für Fischteiche und Mühlenbetrieb, sorgte auch für einen schnellen, direkten Abtransport von Abfällen und Fäkalien.
Vom frühesten Mönchsbezirk erhielt sich fast unversehrt der Zentralbau, das romanische Langhaus der Kirche, der quadratische Hof mit Kreuzgang. Der Turm, deutlich sichtbar, ist barock erhöht worden. Auch der rechtwinkelig, südlich an den Chor angebaute Trakt mit Sakristei und Kapitelsaal, Totenkapelle und Mönchssaal besteht noch. Ebenso erhielten sich Teile des Kranken- und Altenbezirkes östlich dieses Traktes, im Bilde rechts: das einstige Krankenhaus, die heutige Bibliothek, und die Krankenkapelle, nicht mehr die ursprünglich romanische, sondern die barockisierte gotische.
In barocker Zeit wurde der Wirtschaftsbezirk im Westen am nachhaltigsten verändert, der Meierhof mit Scheune, Speichern, Klostermühle, Gästehaus, Armenspital, Laienfriedhof und Pfarrkirche. Vom innersten Klosterbereich trennte ihn der ummauerte äußere Klosterhof mit Fruchtkasten und Pförtnerhaus. Doppelarkadige Trakte, die den Hof heute umschließen, entstanden im 17. Jahrhundert.
Dem barocken Umbau völlig zum Opfer fiel der alte Speisesaal. Er lag zwischen Küche und Wärmestube. Die Mönche betraten ihn nach der täglichen Arbeit direkt vom Brunnenhaus im Kreuzgang. Gänzlich umgebaut wurde der Konversentrakt. In ihn kehrten von Zeit zu Zeit die Mönche aus den „Grangien" zurück. Das waren landwirtschaftliche Eigenbetriebe, die der Orden im Raume von Wien, in Preinfeld und Sulz, Grub, Trumau und Thallern, aber auch im Burgenland unterhielt.
Vom Sattelbacher Kloster aus, in das sie Leopold der Heilige berufen hatte — Begräbnisort auch des letzten Babenbergers, Friedrichs des Streitbaren —, begründeten die Zisterzienser ihre Tochterklöster, Zwettl, Lilienfeld, Baumgartenberg, das steirische Neuberg, in Böhmen und Ungarn Goldenkron, Marienberg und Czikador. Sie besaßen Niederlassungen in Wien, in der Singerstraße und auf der Stubenbastei. Am Wiener Bauernmarkt verkauften graue Mönche aus dem Sattelbacher Tal wöchentlich einmal Schuhe aus den Werkstätten und Brot aus der Bäckerei von Heiligenkreuz.

Stift Heiligenkreuz in Niederösterreich südwestlich von Wien.

Der alte Steffl

Kein Dom ist populärer als der „alte Steffl". Kein anderer auch trägt soviel Volkstümliches an sich, Denkmale, Zeichen, Symbole aus der kaiserlich-königlichen Untertanenzeit. Nirgendwo sonst ist eine Kirche ähnlich sagenumwoben, ähnlich in Liedern besungen worden.
Vom frühesten romanischen Bau, 1147 geweiht, erhielt sich nur Grundgemäuer im Westen. Von der romanisch-gotischen Kirche, 1221 bezeugt, stehen noch die beiden Heidentürme — rechts im Bild —, das Riesentor der Westfassade, die Orgelempore im Innern. Die alte Basilika, 1258 abgebrannt, vom Böhmenkönig Ottokar 1263 wiederhergestellt, war 60 Meter lang und 27 Meter breit.
Über dem Ostchor dieser alten Kirche begannen 1304 die Wiener einen riesigen, 40 Meter langen und 35 Meter breiten dreischiffigen Chor zu errichten (im Bilde links neben dem Turm). Er wurde 1340 eingeweiht. Im selben Jahr legte man die Grundsteine zu den zweigeschossigen Seitenkapellen links und rechts der Heidentürme. Bald auch umzog im Abstand von fünf Metern das Grundmauerwerk eines neuen gotischen Langhauses den alten Bau.
Rudolf IV., der Stifter, betrieb das Werk. Der Ehrgeiz, es seinem Schwiegervater Karl IV. in Prag gleichzutun und St. Stephan groß und größer werden zu lassen als St. Veit auf dem Hradschin, brachte es mit sich, daß die Langhaushalle höher ausfiel und prächtiger ausgestattet war als der Chor. Doch überwölbte im Todesjahr des Stifters, 1365, bruchlos ein gemeinsames Dach die größte gotische Hallenkirche im deutschen Sprachraum.
Damals war der Südturm bereits angelegt. 1433 vollendete ihn Hans von Prachatitz. Der Bau des Nordturms, des Adlerturms, ist 1511 eingestellt worden. Die Legende berichtet vom Teufelspakt des Hans Buchsbaum.
Vom königlich-kaiserlich-volkstümlichen Steffl überzeugt schon ein flüchtiger Rundgang: beim Singertor ist das Grabmal des mittelalterlichen Volkssängers Neidhart von Reuenthal zu sehen. An der Wand des Chores, der den Wiener Neustädter Altar und das berühmte Friedrichsgrab birgt, steht der gotische „Zähntwehherrgott", in der Barbarakapelle am Nordturm die „Dienstbotenmuttergottes". Missetäter, die sich am Asylring des Bischofstores anhielten, entgingen der Stadtgerichtsbarkeit. An der Kreuzkapelle, die das Grabmal des Prinzen Eugen birgt, konnten die Wiener an Brotlaib und Metermaß prüfen, ob sie betrogen worden waren. Am Westwerk, weithin sichtbar auf der Spitze zweier Strebepfeiler links und rechts des Riesentores, verweisen in Stein gehauene Symbole, Vulva und Phallus, unter anderem auch darauf, daß Frauen durch das Bischofstor, Männer durch das Singertor den Dom zu betreten hatten.

Der St.-Stephans-Dom zu Wien. Links das Churhaus, 1738/1740, Sitz der Dompfarre. Das Haus des Deutschen Ritterordens, 1667, erneuert 1720/1725, am linken Bildrand. Rechts unten das Erzbischöfliche Palais, 1638/1641, mit Dom- und Diözesanmuseum. 1945 brannte der 350 Jahre alte hölzerne Dachstuhl ab, wurden das Geläute, das gotische Chorgestühl, die Barockorgel u. a. m. zerstört. 1950 ist der stählerne Dachstuhl nach früherem Muster mit 250 000 böhmischen Glasurziegeln gedeckt worden. Auch die Geschäftshäuser westlich des Domes entstanden nach dem Zweiten Weltkrieg.

In nuce

Kaum irgendwo sonst spiegelt sich auf engstem Raum Österreichs Schicksal deutlicher. Die Geschichte der alten Reichshauptstadt, die Metamorphosen der Staatengebilde von einst, der Casa d'Austria, der Monarchia Austriaca, des Vielvölkerstaates und der beiden Republiken.
Die erste Burg, vom Böhmenkönig Ottokar errichtet, befestigten „die Schweizer", Rudolf und Albrecht von Habsburg. Es ist der inzwischen vielfach umgebaute kleine viereckige „Schweizer Trakt" in der Mitte des linken Bildrandes. In dieser Burg verteidigte sich der steirische Habsburger Friedrich III. 1462 über zwei Monate gegen die aufsässigen Wiener. In der Südecke ließ er die Burgkapelle erbauen, in der heute sonntäglich die Wiener Sängerknaben zu hören sind.
Im Zeitalter des spanischen Habsburgers Karl V. und seines Bruders Ferdinand, Kaiser und König von Österreich, Böhmen und Ungarn, baute man jenseits des Turnierplatzes, vor dem jetzigen „Schweizer Tor", die Amalienburg — in der Bildmitte oben —, östlich die Stallburg, am unteren Bildrand links.
Die Befreiung aus der Türkennot feierte Leopold I., der Komponist auf dem Kaiserthron, unter den Fenstern des nach ihm benannten Traktes, den er sich zwischen alter Burg und der Amalienburg hatte erbauen lassen. Es ist der heutige Sitz des Bundespräsidenten der Republik. Diesem Leopoldinischen Trakt gegenüber errichtete unter Leopolds Sohn, Karl VI., Fischer von Erlach die Reichskanzlei, später Wohn- und Arbeitsräume Kaiser Franz Josephs I. und seiner Gemahlin Elisabeth. Der Stallburg gegenüber entstand damals die Winterreitschule, in der heute im Stil der Spanischen Reitschule die Hengste aus Lipizza Dressur reiten. Ebenfalls in jener Zeit entstand das Gebäude am Ballhausplatz, am oberen Bildrand rechts, in dem 1814 Metternich dem Wiener Kongreß vorsaß, heute der Bundeskanzler mit seinem Ministerrat tagt.
Nach den entscheidenden Niederlagen von Solferino und Königgrätz, 1859 und 1866, setzte man auf dem heutigen Heldenplatz zwischen dem äußeren Burgtor und der Hofburg dem Türkensieger Prinz Eugen und dem Napoleonbezwinger Erzherzog Karl — in der linken oberen Bildecke — Denkmäler; errichtete man für ein geplantes Kaiserforum den Südostflügel einer Neuen Hofburg; riß man das Hof- und Nationaltheater Kaiser Josephs II. auf dem Michaelerplatz ein und erweiterte nach alten Plänen Fischer von Erlachs die Hofburg um den „Michaelertrakt" (Bildmitte).
Gegen den Ringstraßenprunk und das Pathos der Gründerzeit protestierte vor der Katastrophe des Ersten Weltkriegs Adolf Loos mit seiner schmucklosen Hausfassade: „Ornament ist Verbrechen". Im Michaeler-Bierwirtshaus neben der altehrwürdigen romanischen Michaelerkirche räsonnierte nach der Katastrophe, 1930, Josef Weinheber und entwickelte hier seine Phäakenphilosophie: „Ich hab' sonst nix, drum hab' i gern ein gutes Papperl, liebe Herrn!"

Hofburg, Michaelerplatz, Michaelerkirche und Ballhausplatz, Wien.
Am linken unteren Bildrand der Josefsplatz mit Redoutensälen, rechts neben dem Turm der Michaelerkirche das „Looshaus".

Der edle Ritter

Er war klein, schmächtig, von südländisch-braunem Teint. Unter einer Riesenperücke ragte eine aufgestülpte Nase. Wen die blitzenden schwarzen Augen nicht faszinierten, der mokierte sich über den unter einer zu kleinen Oberlippe immer offenstehenden Mund. Er war eher die Karikatur eines Ritters.
Vom französischen König verschmäht, hatte der Savoyarde, Sohn des Prinzen Eugen von Savoyen-Carignan, Grafen von Soissons, und der Olympia Mancini, Nichte des Kardinals Mazarin, seine Dienste dem österreichischen Kaiser angeboten. Es war im Sommer 1683, als Kara Mustafa Wien belagerte. Bei Petronell im Juli dieses Jahres, in der Entsatzschlacht vor Wien im September stand der Zwanzigjährige das erstemal gegen die Türken. Kaum dreißigjährig, befehligte er im Range eines kaiserlichen Feldmarschalls die österreichische Armee. Damals erwarb er sich Grundstücke am Wiener Rennweg.
Doch erfüllte sich der Traum des vierunddreißigjährigen Siegers von Zenta erst in seinem dreiundfünfzigsten Lebensjahr. Er konnte jetzt einen Teil seiner Riesenbibliothek, der Kunstsammlungen und Schätze aus aller Welt vom Palais in der Himmelpfortgasse in den soeben von Lukas von Hildebrandt fertiggestellten Sommerpalast an Wiens ältester Ausfallsstraße übersiedeln lassen. Die Residenz für den Sieger von Peterwardein und Belgrad war erst 1722 fertiggestellt.
Unten, am Rennweg, wohnte der jetzt bald sechzigjährige Gelehrte, Philosoph, Staatsmann, einst Freund des Gottfried Wilhelm Leibniz, mit dem er das Konzept einer künftigen Welt entworfen hatte. Oben, auf dem Hügel, im gewaltigen Treppenhaus, in den hellen Prunksälen, im Ziergarten zwischen gestutzten Buxushecken, unter griechischen Götterbildern und halbmenschlichen Ungeheuern, repräsentierte, von Perücken, Helden im Zopf und Reifröcken umgeben, der Reichsmarschall und Reichsstatthalter, der Mäzen und Liebhaber der Künste. Er repräsentierte im Namen des Hauses Österreich, das nach der tödlichen Bedrohung aus dem Osten jetzt mit einer ostindischen Handelskompanie um eine neue Weltmachtstellung in Übersee bemüht war.
Den Menschen Eugen sahen beim täglichen Besuch die Tiere seiner Menagerie, die er sich in der südöstlichen Ecke des Besitzes hatte anlegen lassen. Tiere, die das Futter nur aus seiner Hand annehmen wollten. Wie jener alte Löwe, der verendete, als ihn der Prinz nicht mehr besuchen konnte.

Das Belvedere in Wien.

Strenger Schnitt und kunstvoller Schnörkel

„Sobald der alte römische Sonnengott seine anstrengende Reise um den Erdkreis beendet hat, führt er die ermüdeten Rosse an dieser schönen Quelle zur Tränke", war auf der Gedenkmünze zu lesen. Leopold I. hatte sie im Jahre 1700 zur Feier des neuerbauten Lustschlosses prägen lassen. Dem Vorschlag seines Hofingenieurs Fischer von Erlach, auf dem Hügel ein österreichisches Versailles zu errichten, war der gottesfürchtige „Türkenpoldl" ausgewichen. Doch hatte Jean Trehet, der Holländer, in der schloßbreiten Allee, die durch den Wald bis zum Hügelfuß geschlagen worden war, ein riesiges Blumenparterre geschaffen.
Das nach den ideenreichen Entwürfen Fischers erstellte Barockschloß ihres Großvaters am Wienufer paßte der praktisch denkenden Maria Theresia nicht. Zwischen 1744 und 1750 ließ sie einen Teil abtragen und den Bau nach den Plänen des Freiherrn Pacassi mit einem zweiten Stockwerk, Seitentrakten und Nebengebäuden versehen. Für die Inneneinrichtung der über 1400 Säle, Gemächer und Zimmer nahm sie vom Bankier d'Aquilar ein 300 000-Gulden-Darlehen. Doch verdächtigte man die Herrscherin, sie habe auch englische Subsidiengelder statt für den Krieg gegen Preußen zur Ausstattung von Schönbrunn verwendet. Einer Ausstattung, die sie dreißig Jahre, bis zu ihrem Tode, beschäftigte.
Nach völlig neuen Gesichtspunkten plante die letzte Habsburgerin mit dem Hofarchitekten Hohenberg und dem Holländer Steckhoven die Anlage eines neuen Parks. Natur und Antike waren die Stichworte. Laubwände, nach französischer Art zur Höhe geschnitten, sollten breite und schmale Alleen flankieren; sollten Mäander, Irrgärten, Rondelle, weite Plätze bilden; sollten in Diagonalen auf figurengeschmückte Brunnen zielen; sollten, statuenbestanden, das mit zierlichen, kunstvoll geschmückten Schnörkelbeeten versehene Blumenparterre des Jean Trehet säumen, sollten auch zu versteckten, künstlich angelegten antiken Ruinen führen.
Die „große Victoire" von Kolin, 1757, gab den Anlaß, die ganze Rokokoanlage 1775 mit einer „Gloriette" auf dem Hügel zu krönen. 1777 stand der Obeliskenbrunnen, 1778 die römische Ruine. Ein Jahr später war der namengebende „Schöne Brunnen" neu gefaßt und mit einer marmornen Quellennymphe geschmückt. Im Todesjahr der Kaiserin hatte Franz Zauner den großen Neptunbrunnen am Hügelfuß vollendet.

Schloß Schönbrunn in Wien.

Die Menagerie

Mit Tieren aus dem Reich, in dem die Sonne nicht unterging, hatte der Schwiegersohn Karls V., der spätere Kaiser Maximilian II., Einzug gehalten. Wien sah seinen ersten Elefanten, Tiere, die man bisher nur vom Hörensagen kannte: Kamele, Dromedare, Affen, Papageien.
Seit diesem 7. Mai 1552 waren Exoten in Wien große Mode. Man trug sich nicht nur nach ihnen, auch Häuser, Gast- und Vergnügungsstätten erhielten Tiernamen. Mit Bestien aus den fernen Landen umgab sich auch der Adel mit Vorliebe und hielt sich Tiergärten. Zum Schauspiel der „Menage", zur Abfütterung, war jeweils halb Wien auf den Beinen.
1752 ließ sich Maria Theresia Pläne für einen zentralen Tiergarten in Schönbrunn vorlegen. Jadot de Ville d'Issey, ein Lothringer, den ihr Gemahl Franz I. aus seiner Heimat berufen hatte, entwarf die kreisrunde Anlage mit dem achteckigen Pavillon in der Mitte. Es war die erste „Menagerie", der erste Zoo Europas.
In den Gartenpavillon kam die Herrscherin gerne zum Frühstück. Die auf einem Erdaufwurf errichtete Anlage erlaubte einen ungehinderten Blick auf die Gehege und Stallungen ringsum. Wilde Tiere ließ Maria Theresia noch nicht zu.

An der Bernsteinstraße

Schon in vorgeschichtlicher Zeit war der begehrte gelblichweiße, honiggelbe und auch braunrote Stein aus Norden die Weichsel und Oder aufwärts, die March entlang an die Donau gekommen. War dann von der Marchmündung aus über den Pontus Euxinus, das Schwarze Meer, das Mare Adriaticum, die Adriahäfen, nach Mesopotamien, Ägypten und Griechenland, nach Babylon, Alexandria, Athen und Rom verfrachtet worden. Der Ort des späteren keltisch-römischen Carnuntum diente schon Jahrtausende vor Christus als Umschlagplatz für Bernstein.
Der dem Edelstein gleich hoch eingeschätzte, leicht zu verarbeitende Schmuckstoff, Harz aus Nadelbäumen des Tertiär, fand sich in diluvialen Schichten der samländischen Küste. Man fischte die Brocken aus der Ostsee, gewann sie auch im Tagbau. Einschlüsse von Insekten, Haifischzähnen, Seeigeln und Holzstücken erhöhten ihren Wert. Doch berichtet bereits Thales von Milet, 625—545 v. Chr., von der geheimnisvollen Zauberkraft des geriebenen Steins. An den Südhängen der Alpen trug man Bernsteinketten gegen Kröpfe, zumindest um den häßlichen Halsauswuchs zu verbergen.
Als die Babenberger den Nordsüdhandel, die alte Bernsteinstraße, über das rasch wachsende Wien und das von ihnen begründete Wiener Neustadt lenkten, war die alte Römerbrücke über die Donau bei Carnuntum längst verfallen. 1973 entstand die neue Brücke. An der Stelle der einstigen Fähre verbindet sie augenblicklich Stopfenreuth mit Bad Deutsch Altenburg. Künftig soll sie dem sich allmählich wieder belebenden Ostwestverkehr dienen, einst vielleicht auch einem wiederbelebten Handelszentrum Carnuntum-Hainburg. Nach 1981, dem Jahr der Eröffnung des Rhein-Main-Donau-Kanals, so plant man, wird das Eröffnungsjahr eines Donau-Oder-Elbe-Weichsel-Kanals festgesetzt werden können. Carnuntum-Hainburg würde dann wie in der Bernsteinzeit wieder mitteleuropäisches Handelszentrum, diesmal Knotenpunkt eines europäischen Binnenwasserstraßennetzes.

Donaubrücke bei Bad Deutsch Altenburg, Niederösterreich.

Im Namen des Erlösergottes

Erst mehr als hundert Erkundungsflüge des Bildautors innerhalb von vier Jahren haben endgültige Klarheit über die Ausdehnung der römischen Großstadt, 18 Kilometer östlich des Fischerdorfes Vindobona-Wien, geschaffen. Das Municipium, dem Kaiser Hadrian 117 n. Chr. das römische Stadtrecht verlieh, dehnte sich auf einer Länge von sechs Kilometern aus, zwischen dem heutigen Bad Deutsch Altenburg und der „Gstetten Breiten" westlich von Petronell. Zuzeiten mögen das Lager, die Lager- und Zivilstadt, eine Handelsmetropole mit heimischer Industrie, bis an die hunderttausend Einwohner gezählt haben.
Im keltischen Ort „Am Stein", in Carnuntum, hatte nach den römischen Niederlagen nördlich der Donau im Jahre 16. n. Chr. die Legio XV Appollinaris ein Standquartier bezogen. Als sie nach neunjährigem Einsatz im Jüdischen Krieg, im Jahre nach der Zerstörung des Tempels von Jerusalem, 71 n. Chr. aus dem Orient wieder an die Donau kam, huldigte ein Teil der Truppe einem neuen Gotte. Vornehmlich zur Legion gestoßene Syrer, bald aber auch germanische Söldner und Römer. In halb unterirdischen Grotten versammelten sich die Soldaten zum Opfer, zum heiligen Mahl, zu Taufe und geheimnisvollen Weiheriten. Sie waren Anhänger des Mithras, einer persischen Lichtgestalt, die, mit dem Sonnengott im Bunde, das Urtier, den Stier, besiegt hatte. Mithras bezwang das Böse, verhieß Erlösung und ein Leben nach dem Tode. Der mythische Held war in den Himmel aufgestiegen und hielt dort das Weltgericht.
Der Legionärskult in den Mithräen — Carnuntum besaß ihrer mindestens drei — verbreitete sich besonders unter den Grenztruppen des Limes bis an den Rhein, fand jedoch auch bei den Truppen im Landesinnern Zuspruch. So galt das Dankopfer beim Kaisertreffen in Carnuntum im Jahre 307 n. Chr. nicht Jupiter, sondern Mithras.
Unter den Zivilisten fand der Mysterienkult kaum Anklang. Schon weil Frauen der Zutritt in die Heiligtümer verwehrt war. Vor allem aber, weil eine seit dem 4. Jahrhundert im Reich und am Limes rasch wachsende Glaubensgemeinde sich im Namen einer geschichtlichen Gestalt, nicht einer fernen mythischen, versammelte, im Namen Christi.
In den zwanziger Jahren fand Rudolf Egger am Südtor des Amphitheaters der Zivilstadt ein frühchristliches Taufbecken. Nun stand fest, daß in der Arena, wo im ersten bis dritten Jahrhundert unter dem tosenden Gebrüll von 15 000 Menschen Gladiatoren siegten und starben, wilde Tiere verendeten, sich im vierten Jahrhundert erste Christengemeinden versammelt hatten. An einem Sommertag 1972 entdeckte der Bildautor des Buches unweit dieses Südtores unter einem Weizenfeld einen in Ostwestrichtung liegenden Baugrundriß mit gegenüberliegenden Apsidenbögen. Grabungen an dieser Stelle lassen weitere Aufschlüsse über das frühchristliche Schicksal des Rom an der Donau erwarten.

Das Amphitheater der Zivilstadt Carnuntum, Niederösterreich. Unter den Feldern ringsum Grundgemäuer von Bauten der Römerzeit.

Das Auge wird röntgensichtig. Unebenheiten da, Verfärbungen dort, lassen für den Flieger Mauerwerk aus Römertagen unter dem Boden erkennen. Das Grundrißgitterwerk unter den Weizenfeldern knapp vor ihrer Reife läßt das bald zwei Jahrtausende alte Gemäuer, die Römerstraßen unter der Erde wie über Tag liegend erscheinen.
Soviel und aus welcher Höhe auch immer man das „Heidentor“ jenseits der Bahnlinie anfliegt und umkreist: nichts hier von den ringsum so überreichen zahllosen Schattengebilden, Linien und umgrenzten Flächen unter der Erde. Weder einstiges Mauerwerk in seiner Nähe noch Straßenzüge zu ihm hin verraten den Zweck des einzigen aufrechtstehenden Denkmals von Carnuntum. Ein riesenhafter Torso aus dem dritten nachchristlichen Jahrhundert, ein einst 26 Meter hoher Vierpfeilerbau mit Tonnengewölbe. Abgestürzte Mauerteile, die Fundamente des verschwundenen Gegenüber, das Podest in der Mitte, wahrscheinlich für eine Gottheits- oder Feldherrnstatue bestimmt, machen Rekonstruktionsversuche unproblematisch. Und doch bleibt die Ruine, von Christen seit je als heidnischer Ort mit Schatzgräbersagen verknüpft, eines unter den vielen Geheimnissen der römischen Großstadt an der Donau in der Nähe Wiens.
Den einzigen brauchbaren Hinweis gibt eine Stelle aus des Lucius Caelius Firmianus Lactantius spektakulärem Werk: „Todesarten der Verfolger“. Lactantius, ein im Jahre 301 n. Chr. getaufter Afrikaner, Anwalt in Nikodemien und Professor der Beredsamkeit, schreibt, daß Kaiser Constantius II. „mit großen Kosten auf den Trümmern römischer Provinzen in Gallien und Pannonien Triumphbogen errichten ließ. Auf ihnen waren seine Taten verzeichnet“.
Vielleicht also ein Triumphbogen unter den vielen Triumphpforten, die man in der römischen Kaiserstadt an der Donau errichtet haben mag. Diente Carnuntum doch Marc Aurel, dessen Reiterstandbild heute das römische Kapitol zum unvergeßlichen Erlebnis macht, zwei Jahre als Hauptquartier. „In Carnuntum geschrieben“ lautet der Untertitel des zweiten Buches seiner berühmten Bekenntnisse. Trat doch von hier aus, wo ihn die Legionäre zum Kaiser ausgerufen hatten, der erste Soldatenkaiser, der Afrikaner Septimius Severus, mit pannonischen Söldnern und Föderaten aller Art seinen „Marsch auf Rom“ an. Fanden sich hier doch auch vier römische Kaiser 307 n. Chr. zu einer Art Gipfelkonferenz zusammen. Der greise Diocletian, eigens aus seinem Riesenpalast in Split angereist, soll sich bei diesem Anlaß einem Kaiserkollegen gegenüber eröffnet haben: „Wenn ihr wie ich euern Kohl im fernen Salonae anbauen würdet, wäre euch wohler“ — dann wäre auch der Welt wohler, wird er wohl ebenso gemeint haben.

Das Heidentor bei Petronell östlich von Wien, Niederösterreich.

Endzeit der Inselträume

Nur noch das Inselgrün und das Weißgrau der Salzlacke vor St. Andrä erinnern an den Seewinkel von früher. Neben der einsamen Kapelle steht jetzt ein Transformator. Um die alten Bäume reihen sich Häuschen im Schrebergartenstil.
Verschwunden das Uferidyll, in dem die heute Fünfzig- und Sechzigjährigen als abenteuernde Jungen dem Ruf der Rohrdommel lauschten, Regenpfeifern und Weihen nachspürten, Säbelschnäblern, Purpur- und Silberreihern. Nur noch Geplärr vom „Rivierahotel", vom „Puszta-Camp" und der Restaurationsbaracke. An Lagerfeuern am Seeufer hatten sie in hellen Sommernächten hinübergeträumt zur Insel, „. . . schleudern unsre Speere, springen nach und hol'n sie ein . . .". Knallbunt jetzt mit Gänsehäufelerfahrung die Wochenendwiener. Doch man kündigte ihnen bereits. Vorrang haben die hier begehrten „Fremden" in flottem Camping-Look.
Verschwunden auch der knöcheltiefe Staub, durch den sie einst in Fußmärschen und auf den schnellen Wägelchen der Heidbauern die „Sodasteppe" durchstreiften. Asphaltbahnen haben den Winkel saniert.
Die Absicht, ihn mit Autostraßen quer durch das Lackengebiet, am Neusiedler See vorbei durch den Schilfgürtel dem Weltverkehr anzuschließen, haben fürs erste Protestaktionen der Naturliebhaber zunichte gemacht. Gegen geplante Betongiganten am Rande der Langen Lacke, die vom World Wildlife Fund zum Naturpark erklärt wurde, formiert sich auch ein Teil der Jugend von heute.

Der Zicksee im Seewinkel des Burgenlandes. Im Hintergrund St. Andrä bei Frauenkirchen.

Die pannonische Attraktion

Europas westlichster Steppensee, Österreichs zweitgrößter und seichtester See; 36 Kilometer lang, bis zu 15 Kilometern breit, wenig über einen Meter, nur an einigen Stellen bis zu drei Metern tief.
Vor hundert Jahren, 1872, war das „Meer der Wiener" doppelt so groß wie heute. Vor eineinhalb Jahrhunderten sah man kaum etwas von ihm. Um 1700 zogen Bauern auf dem Seegrund ihre Furchen und waren zwischen Rust und Illmitz auf geradem Weg mit Pferdefuhrwerken unterwegs.
An die 100 Millionen m^3 Wasser verdunsten hier jährlich von den 152 km^2 Wasserfläche. Es ist die Hälfte des Seevolumens. Nicht der kleine Wulkabach ergänzt es, sondern unterirdische Zuflüsse, Donausickerwasser und vor allem Regenwasser.
Der große Fischreichtum, jährlich an die 400 000 kg, Hechte, Karpfen Schleien und auch Aale, wird von den Berufsfischern aus dem See geholt. Im bis zu 100 km^2 ausgedehnten Schilfgürtel leben etwa 280 Tierarten, nisten Vögel, die sonst an keinem anderen europäischen See, außer an den homologen ungarischen Salzseen, zu finden sind. Am leicht salzigen Gewässer rasten auf ihrem Flug von Nordeuropa nach Afrika im Herbst Hunderttausende von Zugvögeln.
Dem undurchdringlichen Schilfgürtel — bis sechs Kilometer breit — vorgelagert, reiht sich an den Abhängen der Ruster Hügelkette Weinstock an Weinstock. Rust, Oggau, Mörbisch am See, St. Margarethen, Oslip und Schützen am Gebirge bieten Spitzenweine, mit die besten in Österreich, „Sonntagsgedanken des Herrgotts": Welschriesling, Neuburger, Muskat-Ottonell, Sylvaner, Müller-Thurgau, Rheinriesling, Weißburgunder, Traminer und auch den Furmint; dazu den Blaufränkischen, den Blauburgunder, Portugieser und St. Laurent. 400 ha, so rechnet man, geben eine Durchschnittsernte von etwa 15 000 Hektolitern. 11 000 ha, so wird angegeben, mißt die Gesamtanbaufläche für Wein rund um die pannonische Attraktion. Einst versonnenes storchen- und reiherumschwebtes Schilfidyll mit Zigeunermusik.

Der Neusiedler See im Burgenland. Nördlich von Mörbisch am See.
Am jenseitigen Ufer Illmitz im Seewinkel.

Serengeti im Burgenland

Ein spätes erdgeschichtliches Ereignis, der Einbruch des Wiener Beckens, gab der Landschaft die Formen, das kontinentale Klima verleiht ihr die Farben. Als im Tertiär die Gebirgsbrücke einstürzte, die Alpen und Karpaten verband, traten am westlichen Abbruch des 200 Kilometer langen und bis zu 60 Kilometer breiten Senkungsfeldes auch warme Quellen zutage. An ihnen und an den Weinstöcken rings um sie profitieren seit Römerzeiten zunehmend die Gemeinden zwischen Wien und Bad Fischau. Doch fürchtet man diese erdbebenreiche Thermenlinie bis heute auch.

Vom warmen Tertiärmeer, das nach der Gebirgssenkung das Becken füllte, zeugen noch erdölführende Tegel, Sande, Brandungsterrassen aus Schottern und Konglomeraten. Die Leithakalke der Gegend sind in bearbeitetem Zustand am besten an Wiens Ringstraßenbauten zu studieren.

So verschiedene Böden zeitigen verschiedene Erträge. Im südlichen Teil des Beckens, im niederschlagsarmen Steinfeld, liegen die seichtgründigsten, auch mit die ertraglosesten des Landes; Grenzertragsböden, an deren Aufforstung man denken muß. Oberhalb der östlichen Brandungsterrassen im Bildvordergrund, an den Hängen des Rosaliengebirges, eines Ausläufers der Zentralalpen, lassen heiße Sommer und Kahlfröste auf Landstrichen von Steppenschwarzerde fruchtbarstes Ackerland entstehen.

Erbgänge und Hofübergaben haben die kleinfeldrigen Gewannfluren von Generation zu Generation noch kleiner gemacht. Riemenparzellen, „Lissen", Feldstreifen oft in Meterbreite, jedoch hundert Meter lang, verwandeln sich bei der hier üblichen Realteilung des Bodens in oft nur noch quadratmetergroße Anbauflächen.

Das Wiener Becken im Gebiet des Steinfeldes in Niederösterreich. Von den Hängen des Rosaliengebirges aus gesehen, mit Wiener Neustadt und Neudörfl. Im Hintergrund links der Schneeberg, anschließend die Hohe Wand und die Neue Welt mit Bad Fischau.

Die Gallerin

Vom ersten Tag ihres Regiments an hatte die Obristentochter Katharina Elisabeth von Wechsler, bald Freifrau von Galler, später verwitwete und wiederverehelichte von Kapell, alles darangesetzt, die Riegersburg zu einer der stärksten Festen des Reiches zu machen. Nach ihrem Wahlspruch: „Gott fier Alles alzeit ehrn — Den Röm. Kayser erkennen fier ein Schuz Herrn — Kein Feint noch Thirkn nicht firchten —."
Sechzehn Jahre ließ sie an ihrem Sitz bauen. Mehr als 5000 Flüchtlinge und Mannschaften faßte schließlich das riesige Burgareal. „Kain Haller mich nicht reuen thuet — Ich mains dem Vaterland zu guett —."
Als ihr ein zu Tode erschöpfter Reiter am 2. August 1664 meldete, 25 Kilometer von ihrer Burg entfernt sei soeben der Türke geschlagen worden, Obristlieutenant Kapell jedoch, ihr Mann, habe in der Schlacht bei Mogersdorf an der Raab den Tod gefunden, blieb das Gesicht der Freifrau unbewegt. Eine Stunde lang kniete sie in der Kapelle. Am Abend des Tages aber feierte sie mit ihren Leuten, mit Anhang und Gesinde, den großen Sieg des Grafen Montecuccoli über den Erbfeind der Christenheit.
Zehn Monate nach dem Fest heiratete die 58jährige den 25jährigen Herrn von Stadl. Von den über tausend aktenkundig gewordenen Prozessen der Freifrau in eigener Sache war dann der Scheidungsprozeß gegen ihren dritten Mann, der es mehr auf die Burg als auf deren Herrin abgesehen hatte, einer der wenigen, der mit Vergleich endete.

Die Riegersburg in der Oststeiermark südwestlich Fürstenfeld. Bastionen und fünf Torbauten sicherten das Hochschloß auf dem äußersten Felsen. Über die Steinbrücke im Vordergrund betritt man durch ein sechstes Tor das Zeughaus mit den Offiziersquartieren. In die zweihöfige Hauptburg führt ein im Bilde teilweise verdecktes siebentes Tor.

Steirischer Herbst in Pensionopolis

Das Bild einer geruhsam-versonnenen Landstadt täuscht. Schon der Name bezeugt Kriegerisches. Gradec — Grätz — Graz, das heißt Burg. Burg gegen Osten. Allerdings erstmals bezeugt, urkundlich gemacht, hat ein Kaufmann die Stadt 1147. Avantgardistischen Ruf genießt sie seit dem 17. Jahrhundert.
Gegen den Böhmenkönig Ottokar, der sie besetzt hatte, erhoben sich die Grazer wie ein Mann. In ihren Mauern aber traten bald darauf Adelige des Landes auch dem ersten Habsburger entgegen. Als Albrecht I. nicht mit sich handeln lassen wollte, verschwor man sich mit halb Europa gegen ihn — und verlor.
300 Jahre später weigerte sich neuerlich ein Habsburger, Erzherzog Ferdinand, mit Grazern und Steirern zu handeln. Statt dessen stellte er ihnen ein Ultimatum: „. . . wer sich nicht mit der allgemeinen Kirche vergleicht, darf nicht im Lande wohnen und nicht seine Güter persönlich besitzen . . ." Da verließ ein Großteil des fast geschlossen lutherisch gewordenen Adels die Stadt und emigrierte. Mit dem Ausweisungsdekret Ferdinands, als Kaiser dann der zweite seines Namens, war in der Hauptstadt Innerösterreichs das Schicksal der Reformation entschieden worden.
Der katholische Hof zu Graz verhalf der Stadt auch sonst zu gemeindeutscher Bedeutung. Derselbe kunst- und sachverständige Erzherzog Ferdinand, für den sich Theaterkönige von den wirklichen nur dadurch unterschieden, daß die einen Stunden, die anderen Jahre regierten, borgte Schauspielern des Jesuitentheaters seine Kleider. Sein Sohn Leopold durfte sogar persönlich auf den Brettern agieren. Schließlich berief der Habsburger englische Tragöden nach Graz. So kam es, daß hier am 10. Februar 1608 der für ganz Deutschland so folgenreiche „Faust" des Marlowe erstmals auf dem Festland über die Bühne ging. Ein Jahrhundert lang diente das Grazer Spielbuch von Shakespeares „Kaufmann von Venedig" allen deutschen Bühnen als Vorlage.
Der kampflustigen Stadt brach Napoleon die Zähne aus. Er befahl, die große Festung zu schleifen. Unter Opfern retteten sich die Grazer ein musisches Relikt, den Uhrturm.
Die Kaufmannsstadt überraschte im Jahre 1906 mit einer Südostmesse. Das Mur-Athen aber, aus dem Alexander Girardi aufgebrochen war, um die Welt neuerlich für das Theater zu gewinnen, stellte Generation um Generation eine enragierte Avantgarde. Die verschrieene Pensionistenstadt, das Pensionopolis der alten Monarchie, überzeugte in jüngster Zeit mit dem „Forum Stadtpark", einer Sammlung junger Künstler auf der Trümmerstätte des alten Stadtparkcafés, und mit dem aufsehenerregenden „Steirischen Herbst".

Zu Industrieräumen werden Gebiete, wenn mehr als die Hälfte ihrer Bewohner in Fabriken, Werkstätten, Betrieben beschäftigt sind. Österreich zählt acht solcher Räume. Leoben und Donawitz gehören zum obersteirischen Eisengebiet.
Der nahe Erzberg machte Stadt und Ort, schon im Mittelalter reich mit Privilegien für Eisenbetrieb und -handel ausgestattet, im 19. Jahrhundert zum Zentrum der österreichischen Eisen- und Stahlerzeugung. Am Sitz der Bergakademie, der heutigen Hochschule für Montanistik, entstanden im vorigen Jahrhundert mit Österreichs größtem Röstwerk auch eines der größten Stahlwerke des Kontinents. Es gehörte der 1881 begründeten ÖAMG, der ALPINE MONTAN, einer Vereinigung aller erzverarbeitenden Betriebe, des Erz- und Kohlenbergbaus. 1946/47 verstaatlicht, ist die ALPINE heute mit der Linzer VÖEST ein Teil der vereinigten Eisen- und Stahlbetriebe des Landes.
Mit dem Linzer Werk entwickelte das Hüttenwerk Donawitz nach dem Zweiten Weltkrieg ein Linz-Donawitzer Verfahren der Stahlerzeugung. Durch geringen Zuschlag von Schrott wird hochwertiger Stahl gewonnen. Lizenzen für dieses Blasstahl-Verfahren, auch LD-Verfahren genannt, vergab Österreich bereits an eine Reihe von Staaten.
Nur etwa 15 % des gewonnenen Rohstahls — außer dem LD-Stahl erzeugt das Werk Siemens-Martin- und Elektrostahl — werden abgegeben. Grob- und Feinwalzwerke verarbeiten den größten Teil an Ort und Stelle. An die 7500 Arbeiter und Angestellte sind im Donawitzer Werk beschäftigt.
Die rote Eisenoxydwolke lagert nur einmal wöchentlich über den vier Hochöfen, über den Hallen und Werksiedlungen von Donawitz. Wenn die Filter gereinigt werden müssen. Als Riesenschleier hängt sie allerdings auch oft tagelang über dem ganzen Mürztal bis zum Semmering. Wenn Inversion herrscht, Temperaturumkehr. Wenn es im Tal kälter ist als auf den Höhen ringsum.

Die Eisen- und Stahlwerkbetriebe Donawitz bei Leoben, Steiermark.

Waldflucht

Im frühen 18. Jahrhundert war die Holzknechtkolonie entstanden. Mitten im Urwald. Sechs Gehstunden von Mariazell. Allzulang dauert in dem von Oktober bis April sonnenlosen Tal der Winter. Allzulang auch sind hier die Nächte. Was Wunder, daß es in den kleinen Kammern der stockhohen Siedelhäuser wimmelte von Kindern. 1777 endlich stand die Kirche zum heiligen Johannes in der Wüste, nun konnte in Weichselboden auch geheiratet und getauft werden.
Der Urwald war längst verschwunden, Weichselboden eine Gemeinde mit über 300 Seelen, als der Wiener Bürgermeister Karl Lueger Ingenieure in das Tal schickte. Bald darauf siedelten Arbeiter neben den Holzknechten. Im Jahre 1910 floß das erste Wasser vom „Schwaben" nach Wien. Über Berg und Tal hinweg, 180 Kilometer, durch fünf Kilometer lange Stollen bis zum Sammelbehälter auf dem Wilhelminenberg oberhalb der Stadt. 1 780 000 Hektoliter pro Tag. Die mächtigste Quelle lieferte allein 800 000 Hektoliter.
Die Zweite Wiener Hochquellenwasserleitung war eine der Großtaten des beliebten Stadtvaters. Von den Hochschwabquellen und von Weichselboden sprach damals und noch lange danach jeder Wiener. In den zwanziger und dreißiger Jahren wurde der Ort eine beliebte Sommerfrische. Zwei Hotels und zwei Kaufhäuser beherbergten und versorgten die Gäste. Kinder von über 70 Holzarbeiterfamilien bevölkerten die Volksschule dicht am Absturz der Zeller Staritzen (rechts im Bild).
Noch nach dem Zweiten Weltkrieg lebten in Weichselboden 42 Forstarbeiterfamilien. Heute sind es nur noch vier. Die einklassige Volksschule am Felsen besuchen jetzt 12 Kinder. Längst sind Hotels und Kaufhäuser verschwunden. Die Kirche steht leer. Ab dem 1. Januar 1974 ist auch der Gendarmerieposten unbesetzt. Erzherzog Johann hatte ihn 1854 hier eingerichtet. Vor allem der vielen Wilddiebe wegen.

Weichselboden an der Salza, 29 km südwestlich Mariazell, Steiermark. Links Mieskogel und Türnach, rechts Ausläufer der Zeller Staritzen und Kleiner Brandstein. Über dem Rothmoosboden (im Mittelgrund) die Radmeralm. Links von ihr die „Kräutlerin" mit Hochstadl, 1919 Meter, und der Fadenkamp. Im Hintergrund die Göstlinger Alpen und der Dürrenstein.

Eisen über Tag

Mit dem Tagbau begann man schon im 18. Jahrhundert. Doch kam noch 1860 ein Drittel der Förderung aus den „Römerstollen". Stollen, in denen wahrscheinlich schon im dritten nachchristlichen Jahrhundert geschürft wurde. Nach Erzen, die dann auch das „norische Eisen" lieferten.
Erst als 1870 der erste Sprengschuß mit Dynamit gebrochen war, kam der Grubenbau gänzlich zum Erliegen. Nun entstand Stufe um Stufe an den Hängen. 1907 waren es bereits 60. Auf 120 Kilometer Schienen rollten die Loren zu Tal.
Damals stand das Gipfelkreuz 1534 Meter über dem Meeresspiegel. Als man das Erzherzog-Johann-Kreuz vor einiger Zeit wieder auf die höchste Erhebung des Berges setzte, geschah das in 1469 Metern Höhe.
Noch 300 bis 350 Millionen Tonnen abbauwürdige Erze sind zu fördern, wird geschätzt. Vorrat für ein knappes Jahrhundert. Vorausgesetzt, es bliebe beim bisherigen Förderungsschnitt: um 1900 waren es jährlich eine Million, 1960 drei Millionen Tonnen. Doch ist das unwahrscheinlich.
Der Eisenanteil im Erzberg beträgt nur etwa 30 %. Lager in Rußland und Asien weisen 50- und 60%igen Gehalt aus. Mit den Geldern der alten Industriestaaten haben sich seit zwei Jahrzehnten Entwicklungsländer mit billigsten Arbeitskräften hochmoderne Förderanlagen an hochwertigen Lagern geschaffen.
1964 geriet der Welteisenpreis ins Wanken. Seither ist der Betrieb am Erzberg — er deckte bis dahin über 90 % des österreichischen Eisenbedarfs — zunehmend unrentabler geworden. Die VÖEST, der verstaatlichte Tochterbetrieb, bezieht heute billigeres Erz aus Guinea und auch aus Rußland.
Schon längst haben sich österreichische und steirische Planer darangemacht, zu erforschen, wie den Ortschaften Eisenerz, Vordernberg, dem großen Einzugsgebiet für die Arbeiter am Erzberg, in Hinkunft Entwicklungshilfe zuteil werden kann. Eines Tages wird der Berg nur noch ein Wahrzeichen sein, eine große Hieroglyphe der Arbeit in der grünen Steiermark.

Der Erzberg bei Eisenerz nordwestlich von Leoben in der Steiermark.

Lob des Waldes

Kaum jemand noch besingt ihn. Um so dringlicher weisen Naturschützer und Experten auf die Sozial- und Wirtschaftsfunktionen des Waldes hin: er garantiert Klima und Erholung, schützt vor Erosion und Steinschlag, regelt den Wasserhaushalt und den Fremdenverkehr, ist Exportware von Rang und die eiserne Sparkasse des Bauern.
Kaum jemals noch ein fröhliches Halali der Jäger in ihm. Um so detaillierter die jährlichen Trophäen und Wildstrecken: bis zu 150 000 Rehe, oft fast 35 000 Stück Rotwild, an die 15 000 Gemsen, bis zu 350 000 Hasen, 300 000 Fasane usw. liefert der österreichische Wald. Er bedeckt 40 % der Gesamtfläche des Landes. Am dichtesten in der Obersteiermark, im anschließenden Teil Niederösterreichs und in Kärnten. Der größere Teil ist Privatbesitz, von ihm über die Hälfte Bauernwald.
Wohl illustriert das Flugbild auch die Tatsache, daß ein Viertel der jährlichen Niederschlagsmenge in den Bäumen hängenbleibt, erst gar nicht den Boden erreicht. Sicherlich eignet sich die Aufnahme auch für eine waldorientierte Fremdenverkehrswerbung oder gibt Naturaposteln Gelegenheit, auf die Vorteile einer Waldanschauung gegenüber jeder Art von Weltanschauung zu verweisen. Ob aber ein einfaches Wort wie „Weihnachten" nicht am besten zu ihr paßt? Vielleicht auch eine Erinnerung an den Freiherrn Joseph von Eichendorff: „Da steht im Wald geschrieben, / Ein stilles ernstes Wort / Von rechtem Tun und Lieben / Und was des Menschen Hort."

Wald bei Rottenmann im Paltental, Steiermark.

Eutrophierung

Der Versuchung, beim Anblick des Bildes an ein Gemälde wie den „Sumpfengel" von Max Ernst zu denken oder an dessen Theorien von den Entdeckungsfahrten ins Unbewußte, muß in diesem Fall wohl widerstanden werden. Der auf das Thema Umweltverschmutzung getrimmte Zeitgenosse möchte sich anhand der Naturfarbenpalette doch lieber über das Thema Eutrophierung informieren lassen. Etwa so:
Abfälle, Fäkalien, Bauerndung und Müll aller Art, Industrieabwässer verfärben das Wasser, machen es faul. Es stinkt. Krankheitskeime bilden sich. Dung und Fäulnisstoffe lassen die Wasser- und Seepflanzen wuchern. Eutrophierung, Überwuchs, nennt man die abnorme Zunahme. Es geschieht durch Pflanzennährstoffe, vornehmlich Phosphor- und Stickstoffverbindungen. Am Austritt der Abwässerkanäle und -rinnsale bilden sich riesige hell- und dunkelgrüne Fadenalgen, spangrüne Krusten von Blaualgen. Das Phytoplankton des Gewässers vermehrt sich milliardenfach. Die Brühe überzieht sich mit einer schleimigen Algenhaut, der „Wasserblüte". Im Seichtgewässer und an den felsigen Ufern schimmert und schillert es — in den oft wunderbaren „Farben des Bösen."

Seitenarm der Enns im Steiermärkischen.

Buckelrouten

Das Meer von Kalkriffen, Karrenfeldern, Näpfen, Rillen, Rinnen, Gräben, zernarbten Felsen rings um Schlucklöcher, Schächte und Dolinen in Bombentrichtergröße, aber auch von hundert und mehr Metern Durchmesser, verwandelt sich wintersüber in eine mondkraterähnliche Landschaft. Erst im Frühjahr, im März und April, ist es für den Tourenskifahrer ratsam, in die über 300 km^2 ausgedehnte Hochfläche, die größte der Ostalpen, aufzusteigen. Es bieten sich für den Erfahrenen Touren von ungeahnten Ausmaßen, die längste über 100 Kilometer lang und je nach Wetterlage und Ausdauer in fünf bis acht Tagen zu bewältigen.
Es ist nicht skifahrerisches Können, das verlangt wird im Toten Gebirge, sondern Orientierungsvermögen, vor allem aber Kondition. Nur wenige Routen führen sicher über das Plateau, zwischen Abstürzen, an den gefährlichen Dolinen vorbei. Sie sind bekannt und beschrieben, doch muß sie der Tourist oft auch bei wolkenlosem Himmel mit dem Kompaß suchen.
Nicht, daß es im Toten Gebirge nur „Hatscher" gäbe. Jeden Freund der Natur begeistert die unendliche, immer abwechslungsreiche Vielfalt der Kleinformen. Kenner wissen nicht nur die Tauplitzabfahrten, die vom Hochanger und Loser zu schätzen, sie wagen auch die riskante vom Schermberg und freuen sich an einer solchen wie der vom „Rauchfang".

Im Toten Gebirge, Steiermark.

Kalke, Dolinen, Lueger und Seen

Eine baumlose Steinwüste. Kein Vogel singt. Zahlreich aber aalen sich in der Hochsommerhitze schwarze Vipern auf dem Fels. In einigen Furchen und Rinnen hielten sich Gewässer, bilden Viehtränken und kleine Seen. Unvergeßlich für den einsamen Wanderer: der Augst- und der Wildensee zwischen Loserhütte und Appelhaus, die Lahngangseen und der Elmsee auf dem Weg vom Ladner vor Gößl über den Backenstein, das Rotgeschirr zur Spitzmauer oder zum Großen Priel.
Über die ganze Karsthochfläche verstreut finden sich Dolinen. Schlünde, Schächte, meist heimtückisch unter Krummholz und der Schneedecke verborgen. Skifahrer, Wanderer, aber auch Lebensmüde verschwinden in ihnen auf Nimmerwiedersehn. Durch sie und Millionen Rinnsale der Dachstein- und Jurakalke, Dolomite, versickern die Gewässer ins Gebirgsinnere.
Erst am Fuß der Steilabstürze im Norden und Süden des über 300 km^2 ausgedehnt liegenden Karststockes sprudeln die Quellen. In Regenzeiten schießen riesige Bäche mitten aus Felswänden, die „Lueger", auch „Liager". Sie füllen die einst einsamsten und schönsten Gebirgsseen der Steiermark: den Altausseer See, Grundl-, Toplitz-, Kammer-, Groß-, Steirer- und Schwarzensee; den Offen-, Alm- und Ödensee in Oberösterreich.

Der Loser mit Gipfelkreuz und den Steilabstürzen zum Altausseer See, der Hochanger zwischen Gschwandtalm und Augstwiese. Im Hintergrund das Karstgebirge mit Woising, Rinner-, Scheiblingkogel und Schönberg.

Die k.k. Kunst- und Kulturkammer

Um die Salzlager der einst größten innerösterreichischen Saline bemühten sich seit je Markgrafen, Herzöge, Könige und Kaiser. Von Friedrich III. erhielt der Markt Aussee den Altar der Hl.-Geist-Kapelle, von Maximilian zeugen noch Wappenstein und Reichsadler am Kammerhof.

Kaiserlich, fürstlich und gräflich gab man sich am Altausseer See bis in die jüngste Gegenwart. Nicht zuerst des Salzes wegen. Da hatte vielmehr an einem frischen Augustmorgen 1819 am benachbarten Toplitzsee Kronprinz Johann der noch nicht 16jährigen braven Ausseer Postmeisterstochter Anna Plochl verliebt in die Augen gesehen. Als spätere Gemahlin des Reichsverwesers von 1848 wurde Anna die Erste Frau Deutschlands, zwei Jahre später die Gräfin von Meran. Zur selben Zeit, drei Monate nach der Vermählung, brachte Franz Joseph seine Sissy an den See. Als rast- und ruhelose Kaiserin Elisabeth ließ sie sich von der Kathi Köberl auf der Loserhütte bewirten, die Haim Justi in der Augstwiese durfte ihr „Almraunkerln“ schenken, und auch bei der Kaunzin auf dem Tressensattel kehrte sie ein.

Mit der kaiserlichen Residenz in Ischl entdeckten die Erzherzöge und der Hofadel den Seewinkel. Chlodwig Fürst Hohenlohe-Schillingsfürst, Statthalter und späterer Reichskanzler, kaufte sich hier an, mit ihm die Czernin, Kinsky, Eltz, Kesselstadt, Strachwitz. Beim Schneiderwirt feierten sie mit Bauern und Leuten vom See, Jägern und Wilderern. Den „Ausseer“ auf dem Kopf, saß der Herr unter ihnen in der Wirtsstube. „Du, Herr Graf“, ratschlagten sie mit ihm.

Seit den Freiherren Zedlitz und Binzer gab es Fremdenverkehr. Dichter kamen ins Ausseer Land, Lenau, Stifter und Grillparzer, Künstler bezogen Häuschen an den Seen diesseits und jenseits des Tressenrückens, Mackart, Kainz und Sonnenthal. Hans Frauengruber schrieb die Ausseer Geschichten, und beim Anblick von Haus und Roßstall des Prinzen von Nassau in der Seeklause verste Johann Kain, der Bachwirt:

Es hamt auf der Welt zwar viel Leut a Freud,
Wan s' nur a groß Haus hamt, recht lang und recht weit.
Wegn mei soln s' es habn, aber mir war nit drum,
Und i waiß scho und i waiß scho und i waiß scho warum.

In den zwanziger Jahren wohnte Jakob Wassermann am See, nicht weit von ihm später Hermann Broch. Von seinem Sommerhaus in Obertressen zur Seeklause herab kam gerne Hugo von Hofmannsthal. Auf dem Weg am Plattenkogel vorbei, rechts im Bild. Rudolf Alexander Schröder, der Freund, skandierte:

Dort über feurig begrüntem Abhang wandeln wir viel, folgen gebogenem Pfad, der sich der Wölbung des Hügels bequemt und gegen den Wald hin, gegen des schrofferen Bergs steinerne Häupter uns lockt . . .
. . . gegen die Weite des Sees . . .

Altaussee in der Steiermark am Südabfall des Toten Gebirges. Vom Salinengebäude in der Mitte des linken Bildrandes fährt man seit einigen Jahren in das Salzbergwerk ein. Während des Zweiten Weltkriegs waren in ihm Kunstschätze aus ganz Europa geborgen.

Umweltbedrohter Gletscherriese

Seilbahnen hieven jährlich Hunderttausende auf das Plateau. Schon bevölkern auch sommersüber drei Schlepplifte und fünf zu Taxis umgebaute Raupenschlepper den Hallstätter Gletscher. Vergeblich zetern Naturschützer und Alpenverein über Abfälle, Ölrückstände, Benzin- und Dieselschwaden in 2500 Metern Höhe.
Auch den Tiefen, die einst Peter Gamsjäger entdeckte, als er einen entlaufenen Ziegenbock suchen ging, den weltberühmten Dachsteineishöhlen, rückt der Fortschritt zu Leibe. Die Kristalldome beginnen zu schmelzen. Nach milden Wintern und schönen Sommern haben steigende Temperaturen, der Atem einer Viertelmillion Besucher, 25 000 Watt starke Scheinwerfer und Lampen, ihretwegen installiert, Tauwetter in den Höhlen eingeleitet. Um sie für das Schaugeschäft zu erhalten, versuchte man es mit Klimaschleusen, mit Kaltluftgebläse und Sickerwasser.
Doch hat die Dachstein-Fremdenverkehrs-AG weitgesteckte Pläne. Seilbahnen, über das ganze Massiv gespannt, in sechs Sektionen geteilt, sollen künftigen Besuchern „einmalige Erlebnisse“ vermitteln.

Das Dachsteinmassiv an der Dreiländerecke Steiermark, Oberösterreich, Salzburg. Das Bild zeigt drei der acht Gletscher, Schladminger, Hallstätter und Gosaugletscher (von links nach rechts). Zwischen ihnen der Hohe Gjaidstein, 2792 m (links), Hoher Dachstein, 2996 m, Mitterspitz, 2922 m, Torstein, 2947 m, Eiskarlspitze, 2472 m, Hochkesselkopf, 2453 m.

Hoch vom Dachstein

In sechs, acht und mehr Stunden erstapften sich einst Skifahrer und Berggeher den Rastplatz unter dem Gipfelaufbau. Heute erreicht ihn der Seilbahnpassagier mühelos im Gletschertaxi, auch in Halbschuhen. Die Glücks- und Hochgefühle der einsamen Wanderer von damals muß er freilich entbehren.
Nur Schwindelfreie klettern nach dem Einstieg links oder rechts am Mecklenburger Stein vorbei die gesicherte Mittelrinne aufwärts zum Gipfelkreuz. „Links oder rechts", das hängt vom Zustand der „Randkluft" ab. Dieser Spalt zwischen dem Hallstätter Gletscher und dem Fels, an dem er endet, ist je nach Jahreszeit verschieden tief und breit. Mühelos und kaum ausgesetzt erreicht der Berggeher das Kreuz von der Oberen Windlucke aus über den plattigen Westgrat. Zünftige gehen es von der Alpenklubscharte über den Nordgrat an, Schwierigkeitsgrad III. Mit dem Kleinen Dachstein ist er rechts im Bild zu sehen.
Den Ostgrat beging zum erstenmal der Irg, Sproß der renommierten Steiner aus der Steirischen Ramsau, am 17. September 1909 mit einem Gast aus Wien. Fünf Tage später, um 10 Uhr, stand er mit Bruder Franz wieder auf dem Gipfel. Die beiden hatten eine Führe durch die riesige Südwand direkt zum Hohen Dachstein gefunden und in nur fünf Stunden bewältigt. Der Steinerweg ist die seither begehrteste Kletterei durch die berühmte Wand, die „Himmelsleiter der Steinerbuben".

Der Hohe Dachstein, 2996 m. Im Hintergrund Radstädter und Schladminger Tauern. Am Horizont die Hohen Tauern mit Hafner-Gruppe, Hochalmspitze und Ankogel.

Im Windschatten der Dachsteinsüdwand

Als Graf Niklas Salm an einem Herbsttag 1525 Schladming an allen vier Ecken in Brand hatte stecken lassen, waren viele der aufständischen Protestanten, Knappen unter dem Bergrichter Reustl, in den Windschatten der Dachsteinwand geflüchtet. Zwei Jahrhunderte später, nach dem Salzburger Reformationsedikt vom 31. Oktober 1731, erhielt die Schladminger Ramsau neuen Zuzug evangelischer Flüchtlinge.
Wie die Knappen, wie schon die bayerischen Landnehmer des 11. und 12. Jahrhunderts, siedelten bäuerliche Neuankömmlinge in Einödrieden. Sie teilten das gerodete Land rund um ihre Höfe zwischen Waldparzellen in quadratische, rechteckige Anbauflächen. Je nach Lage, Güte des Bodens, in Äcker, Wiesen und Gärten, peinlich mit Zäunen und Ahornbaumreihen gegeneinander abgegrenzt.
Auch heute ist die Ramsauer Hochfläche unter der berühmten Wand Fluchtort. Stadtmüde finden in milder Höhenlage ideale Bedingungen, im Spätwinter noch und im frünen Frühjahr, Berufsmüde Erholung, am besten in einem der Einzelhöfe inmitten einer Einödriede.

Einödhöfe in der Steirischen Ramsau im Ennstal, oberhalb von Schladming.

Die Föhnmauer

Eine Zunge hohen Luftdrucks über Norditalien und den Zentralalpen, tiefer und fallender Druck über Mitteleuropa, von den Britischen Inseln oder der Biskaya her. Im Süden steigt die erwärmte Luft auf, fließt nordwärts, kondensiert am Alpenrand. Steigungsregen treten auf. Dichte Wolkenmassen schieben sich bis an den Alpenhauptkamm. Die Föhnmauer bildet sich.
Inzwischen haben die aus dem Süden fließenden warmen Fallwinde die Kaltluft aus den Tallagen und Kesseln nördlich der Alpen gedrückt, den Himmel hier leergefegt. Unwirklich klarsichtig ist es im Klagenfurter Becken und im Gailtal geworden, in der Rheinfurche, im Inn- und Ennstal, an der Salzach, im Salzkammergut, in den Tälern um das Sengsengebirge und in weiten Teilen des Alpenvorlandes. Jeden Augenblick droht das wallende Wolkengebirge über den Zentralkamm einzubrechen. Doch nur linsenförmige Wolkenfische, aufgerissenes unruhiges Gewölk zeigen sich am nördlichen Himmel. Es ist Föhn, zwei, drei und mehr Tage.
„Unruhig ziehen die Gemsen auf die Nordseite des Berges oder in tiefe Felsenkessel", beschreibt Tschudy 1854 das Phänomen. „Kühe, Pferde, Ziegen suchen mit Mißbehagen nach frischer Luft, während der Föhn ihnen Rachen und Lungen austrocknet. Kein Vogel ist in Wald und Felsen zu erblicken. Die Menschen teilen das allgemeine Unbehagen, das beengend auf Nerven und Sehnen wirkt und dem Gemüt eine lastende Bangigkeit aufdrängt."
Der moderne Arzt konstatiert meteoropathologische Wirkungen des Föhns. Ein leicht gereiztes Nervensystem auch bei Gesunden. Herzsensationen und -attacken bei empfindlicheren Personen. Die Mortalität in den Krankenhäusern nimmt zu. Immer häufiger lassen sich Spitäler in Föhngegenden vor dem Einbruch der Fallwinde warnen. Nur bei Lebensgefahr wird dann operiert.

Schladminger Tauern.

Auf drei Schmalspurstrecken der steirischen Langsambahnen, auch Landesbahnen genannt, Spurweite 760 mm, wird noch gedampft. Im Sommer zumindest.
Kenner und theoretische Liebhaber bewundern in der Grünen Mark vor allem die U 43 auf der Murtalstrecke. Eine Lok mit Kobelrauchfang, für sie das Flaggschiff aller Schmalspurloks, eine Weltattraktion. Mehr zu Handgreiflichkeiten neigende Liebhaber, die auch gerne das Kind im Manne zur Schau stellen, mieten sich hier für wenig Geld die Selbstfahrlok STAINZ 2. Und brausen los. 15 bis 30 Kilometer die Stunde. Mit gekonnten Lokführergesten wird gepfiffen, geschippt, gebremst und „gewasserlt".
Sommer für Sommer sind an der Murtalbahn Väter und Großväter bemüht, Enkeln, Söhnen, staunenden Laien und verwunderten Fachleuten zu beweisen, was Österreichs Eisenbahnen einst an ihnen verloren, als sie sich entschlossen, doch nicht Lokführer zu werden. Als Mitglieder des Vereins der Eisenbahnfreunde, des Clubs für Eisenbahnmodellbau und Stammkunden mehrerer Spezialgeschäfte für Modelleisenbahnen erklären sie einem bereitwilligen Publikum technische Einzelheiten ihrer Lok. Verweisen auch auf die seinerzeit eminent fortschrittlichen Dampfloks E-t der Reihe Kh. Von ihnen sind Nr. 101 und Nr. 111 auf der Murtalstrecke noch im Betrieb.

Die Murtalbahn zwischen Teufenbach und Frojach östlich von Murau in der Steiermark.

Die Burg im Berg

Mit seiner Beute, der geraubten Königstochter aus Sachsen, flüchtete Ritter Hugo von Châlon aus Frankreich in die steirische Höhle, berichtet die Sage. Hundert Meter oberhalb des Murtales habe er sich in ihr eine Burg gebaut. Schallaun nennt man sie seither.
Geschichtswissenschaft und Burgenkunde wissen es anders.
In Schallaun, der kleineren der beiden Höhlenburgen hoch in der Wand westlich der Murbrücke bei Teufenbach, vielleicht schon im 11. Jahrhundert bewohnt, hauste im zwölften ein Marchwardus de Schalun. Später gehörte sie den Saurau und den Liechtensteinern.
Obwohl wehrtechnisch mit ihr eine Einheit, angeblich einst mit ihr auch durch eine lederne Hängebrücke verbunden, befand sich die größere Burg im benachbarten „Puxerloch" von Anbeginn im Besitz der Lueger. Es war ein mit den Herren von Graz verwandtes Geschlecht. Als Lehen der Grafen von Cilli erwarben den Wehrbau im 15. Jahrhundert die Puxer.
Noch zu Zeiten des Kaisers Maximilian I. hausten Ritter im Gemäuer am strategisch wichtigen Tauernweg. Ihre Wohnräume lagen gegen das Berginnere zu. Eine Vorderwand schloß die so gut wie unbezwingbare Höhle nach außen hin fast völlig ab. Als sich das im 19. Jahrhundert eine Räuberbande zunutze machte, zerstörte man die österreichische Burgenrarität.

Puxerluegg, Höhlenburgruine westlich Scheifling in der Steiermark.

Kärntnern den Umweg über das 1918 jugoslawisch gewordene Unterdrauburg-Dravograd zu ersparen, beschloß das Land nach dem Abstimmungssieg am 10. Oktober 1920 einen Bahnbau zwischen Jaun- und Lavanttal. 44 Jahre später, am 10. Oktober 1964, ist dann die Jauntalbahn zwischen Bleiburg und St. Paul im Lavanttal eröffnet worden. Auf der 21 km langen Strecke durchfährt der Zug den Johannisberg- und den Langenbergtunnel. Zwischen Lippitzbach und Schwabegg überquert er auf einer der höchsten Eisenbahnbrücken Europas die Drau.
Von den Menschen, die hier einst an der alten Draubrücke lebten, schreibt Josef Friedrich Perkonig:
Es gibt bei uns wenige so traumhaft stille, verborgene Einöden an großen Flüssen wie das Drautal etwa von Völkermarkt ab, dort bei Lippitzbach und Schwabegg ist man außerhalb der Welt —
Da stehen an den Ufern die schweigsamen Fischer . . . und wie vor Zeiten fahren auch jetzt noch manchmal die Flößer mit ihren braunen Flößen auf der Drau hinab . . . Da fahren über die Brücken immer noch die Fuhrleute, zwar nicht mehr jene herrlichen alten Fuhrknechte, die in Wirtshäusern an der Straße sangen, wenn sie ihren Rössern den Futtersack umgehängt hatten, die von einem Dorfe zum andern Botschaft brachten und wieder Botschaft mitnahmen —
Man muß einmal an so einem Brückenjoch hinabhorchen oder man muß dem Fluß sonst irgendwie nahe sein, im Boot oder am Ufer, um seine heimliche Musik zu vernehmen. Oben auf der Brücke, wo alle die tausend Gleichgültigen und Stumpfen hingehen, denen die Brücke nichts anders zu sein hat als ein Steg zwischen Ufer und Ufer, da wird man ihr eigentliches Wesen niemals erspüren. Erst nahe dem Flusse wird man mit einem Male viele Stimmen unterscheiden, die da mit dem Strome vorbeirauschen. — Nur die Blinden, die Tauben können meinen, es sei die Drau hin und hin immer dieselbe Drau, gewachsen zwar, doch ein Fluß wie jeder andere. Solch Ungläubigen wird man es niemals begreiflich machen können, daß in jedem Wassertropfen ein Tropfen Landesseele mitschwimmt, und glaubt man nur erst einmal daran, dann wird man nicht mehr sagen: Die Drau des Lurnfeldes ist die Drau des Jauntales, dann wird man droben im Oberlande die Firne spüren, Möll, Lieser und Malta schwemmen heimliches Gold aus den Tauern herab, dann wähnt man zu ahnen, wie Gurk, Metnitz und Glan etwas von dem reinen Duft der Nockenalmen mit sich tragen und die Görtschitz von Bergmannsliedern einen späten Nachhall. Ganz zuletzt dann, in einer düstern Gegend, der man das bunte, gnadenvolle Hinterland nicht anmerkt, vollendet die Lavant allen reichen Zustrom.

Jauntalbrücke über die Drau, östlich von Völkermarkt, Kärnten.

Maria in Wert

Einschlägige Reisekataloge verkünden Wassertemperaturen bis zu 28 Grad — schlottern muß da gewiß keiner! Auf Bildern prosten Männer in Booten einander zu — hier kann man das Badewasser noch trinken! „Ehrliche“ Prospekte allerdings schränken ein: ein großer Teil des Ufers befinde sich leider in privater Hand, nicht nur bei Velden, ebenso bei Maria Wörth und in Krumpendorf. Der stillste See sei er gerade nicht: in einigen Buchten „töten Motorboote jeden Nerv der Ruhesuchenden“.
Auf der einstigen Felseninsel vom Andrang der Umwelt beunruhigt fanden sich schon die Kolonisatoren des Landes. Im Urwald ringsum lebten wilde Tiere, Wollnashörner mit Basiliskenblick. Drüben an der Furt über die Glan hausten die dämonischen Klagen. Vor ihnen suchten sich frühe Priester zu schützen: in einer Opfernische des romanischen Kirchleins findet sich noch Astflechtwerk, das vor den bösen Dämonen bewahren sollte. Noch blicken von den Wänden dieses Gotteshauses sorgenvoll bewegt Apostelaugen des 12. Jahrhunderts, und im Gedenken an diese Zeit wählte das später entstandene Klagenfurt den Drachen als Wappentier.
Im unerschütterlichen Glauben an das Heil der Welt im Zeichen des Kreuzes stiftete auf der Insel, Stützpunkt der Christianisierung Karantaniens, Otto von Freising die Propstei, Bischof Roman von Gurk weihte hier 1155 das Heiligtum „Maria in Wert“, Maria auf der Insel.
Die siegende Kirche hat die gotische Mariengestalt, schönstes kärntnerisches Schnitzwerk, dann in den barocken Schrein der Pfarrkirche hoch über den See gestellt.

Der Wörther See in Kärnten. Am unteren Bildrand Maria Wörth mit der ehemaligen Stifts-, der jetzigen Pfarrkirche. Am Fuß des Felsens das romanische Liebfrauenkirchlein. Im Hintergrund Klagenfurt.

Nocken

Nordöstlich des Millstätter Sees dehnt sich eine Landschaft breitgewölbter Kuppen und Rücken. Das Nockgebiet. Zwischen dem Tschiernock nördlich von Millstatt und dem steirischen Tschandy-Nock südlich von Predlitz an der Mur heißen die Kämme und Gipfel: Kamplnock, Saunock, Großes Rosennock, Pfannock, Plattnock, Klomnock und anders; zwischen dem salzburgischen Wirtsnock südlich von Thomatal im Bundschuh und dem kärntnerischen Wintertaler Nock liegen Grünleitennock, Peitlernock, Kofler- und Rinsennock.
Es ist ein ungegliedertes, nicht leicht überschaubares Wirrwarr konvexer Bergformen, nur im Großen Rosennock über 2400 Meter Seehöhe emporragend. Einsame Berggeher, Gäste auf der Turracher Höhe und in der Innerkrems wissen die riesigen Hochalmen und die kleinen verschwiegenen Seen des Gebietes zu nützen, die über den fast unbesiedelten Talschaften fast immer übersonnten weiten Höhen. Kur- und Wintergäste in Bad Kleinkirchheim südlich des Gebirgsstockes schätzen Ausflüge und eine fast immer bis in den April sichere Schneelage im Bereich des nur 1974 Meter hohen Wieser Nocks westlich von St. Oswald.
Gäste in Seeboden, in Techen- und Laubendorf ergehen sich auf ausgedehnten Wanderwegen um Tschier- und Tschierweger Nock.
„Nock“, das ist im Schwäbisch-Bayerischen ein aus dem Wasser ragender Felsbrocken. August Kopisch hat ihn im Gedicht vom „Nöck“ personifiziert. Die österreichischen „Nockerl“ sind als salzburgische „Mehlspeise“ weltberühmt. In den Kärntner Nocken, den von Gletschern zu knolligen Formen geschliffenen Bergen, finden sich unter den Konglomeraten und weichem Phylit Magnesitlager. Am Kamplnock, auf der Millstätter Alpe, werden sie im größten Magnesitbergwerk der Erde abgebaut. Neuneinhalb Kilometer davon entfernt, in Radenthein, erzeugt man aus dem grobkristallinen Gestein feuerfesten Heraklith.

Das Nockgebiet nördlich von Radenthein, Kärnten. In Bildmitte das Stileck, 2179 m. Darüber links Gr. Rosennock, 2440 m, und rechts anschließend das Dutzend Nocken bis zum Rücken der Moschelitzen, 2310 m.

Niës und Brünn

Von den etwa hundert Badeseen Kärntens ist der Weißensee der höchstgelegene, wenig unter tausend Metern über dem Meer. Bis zu 99 Meter tief ist die Furche zwischen Gailtaler Alpen und Latschur in den Hauptdolomit eingeschnitten. Windbegünstigt, hält sich die Oberflächentemperatur des Wassers in Normalsommern konstant über 20 Grad.
Der aufgestaute Alpensee mit beachtlichem Abfluß durch die Stockenboier Bucht zur Drau hin besitzt so gut wie keine Zuflüsse von Bächen. Quellen, unterirdische und in Seespiegelhöhe, „Niës“ und „Brünn“ genannt, füllen ihn auf.
Wanderer und wenig Sommergäste, doch zahlreiche Studenten aus Wien in Zeltlagern haben den Weißensee in den zwanziger und dreißiger Jahren belebt und bekannt gemacht. Die fünf kleinen Dörfer an seinen Ufern waren damals noch wirkliche Dörfer. Über den Techendorfer Holzsteg zogen Rinderherden. Zwischen Röhricht und Binsen, im noch ursprünglich erhaltenen Schilfgürtel, blühten prächtige Seerosen, schwamm Laich- und Hornkraut.

Der Weißensee in Kärnten zwischen Drau- und Gailtal, östlich der Straße Greifenburg–Hermagor. Am nördlichen Ufer, links im Bild, unterhalb des Latschur Oberdorf, Gatschach, Techendorf mit Seebrücke und Neusach. In einer Bucht des südlichen Ufers, etwa in der Seemitte, der Weiler Naggl.

Frühe Geschichten und letzte Grafen

Die Fürsten von Rosenberg, seit 300 Jahren im Besitz der Burg Stein, beweisen, daß es sich auch heute noch in einem acht Jahrhunderte alten Gemäuer wohnen läßt. Ob mehr komfortabel oder mehr romantisch, das muß man bei Einheimischen oder Eingeweihten zu erfragen versuchen. Der Burgherr hat sich jeglichen Besuch verbeten.
An Geschichte und Geschichten mangelt es im Falle Stein nicht. Drei letzte Grafen berühmter Geschlechter waren im 15. Jh. hier Lehensherrn: der mächtige Friedrich von Ortenburg, er verschied 1418 unweit von hier auf seiner Stammburg bei Spittal, Ulrich von Cilli, den sie 1456 in Belgrad ermordeten, und der schrullige Leonhard, mit dem im Frühjahr 1500 die Grafen von Görz und Tirol ausstarben, ein Geschlecht, das die Stammutter der österreichischen Habsburger stellte.
Der so kühn aus dem Felsen gewachsene Turm birgt Kärntens schönste Doppelkapelle. Von der unteren romanischen zum heiligen Valentin berichtet schon eine der ältesten Sammlungen früher Begebenheiten, das „Buch gewisser Geschichten" des Johannes von Victring, daß sich in ihr 1228 in den Händen des Priesters Wolbert vor aller Augen die Hostie in Fleisch und Blut verwandelte. Diese Herrlichkeit Gottes zu schauen, wären damals der Patriarch von Aquileia, Berthold, und Graf Albert von Görz herbeigeeilt.
Auch der Spezies von Neo-Romantikern, für die eine Burg ohne Folterkammer und Burggeist so gut wie keine Burg ist, bietet die kleine Feste oberhalb des Drautals Einschlägiges. Irgendein grausamer Vor- oder Nachfahre des Ritters Bibernell, zu dessen Zeiten Nacht für Nacht — nicht immer planmäßig — noch ein Gespenst auf Stein verkehrte, stieß seine drei Töchter eines Tages den steilen Burgfelsen hinunter — es wird bestimmt der rechts im Bild gewesen sein —, als er erfahren hatte, die ungezogenen Mädchen hätten sich hinter seinem Rücken zum Christentum bekehrt. Auch in diesem Fall geschah ein Wunder, die gestürzten Jungfern blieben unversehrt. Zum Erstaunen ihrer Zeitgenossen wandelten sie, fromme Lieder singend, über die Drau ans jenseitige Ufer.

Stein, im Oberen Drautal zwischen Dellach und Oberdrauburg, ist im 12. Jh. erbaut worden.

1772 Meter Fallhöhe

Die Karseen im Schatten der Ankogelgruppe, des Zauberernocks und Reißecks hoch oberhalb des Mölltales für die Erzeugung elektrischer Energie zu verwenden, plante man bereits um die Jahrhundertwende.
An Entwürfen für eine mehrstufige Nutzung der Seen arbeitete nach dem Ersten Weltkrieg der Erbauer der Großglocknerstraße, Ingenieur Wallack.
Der Beschluß, das natürliche Speichervermögen des Großen und Kleinen Mühldorfer Sees, des Hochalm- und Radlsees durch Stauung auf 18 Millionen m^3 zu erhöhen, die Gewässer dann in einer einzigen Stufe zu nutzen, fiel nach dem Zweiten Weltkrieg.
Heute fassen stählerne Druckrohrleitungen in Stollen die Wassermengen auf dem Niveau des Seenplateaus und leiten sie in e i n e m System ins Mölltal. Die Fallhöhe von 1772 Metern ist die größte jemals bei einem Stauwerk erreichte. Zusätzlich wird in 1300 Meter Höhe gefaßte „weiße Kohle“ in einen Speicher auf über 2300 Meter Höhe gepumpt.
Auch von Speichern des Kreuzecks, jenseits des Mölltales, beliefert, erzeugt das Kraftwerk Kolbnitz am Fuß des Schoberbodens 132 MW.
Es ist Speicherenergie für den Winter und Laufenergie für den Tagesspitzenstrom während des ganzen Jahres.

Die Reißeckgruppe. Im Vordergrund der Große und Kleine Mühldorfer See. Im Mittelgrund Ankogel und Hochalmspitze, 3246 und 3360 Meter. Ganz hinten Steinernes Meer, Hochkönig, Tennengebirge.

Ende April bis in den Juni, zur Zeit der Schneeschmelze, sind sie heute noch Idealgewässer für Kanuten: die obere Enns bis zum Gesäuseeingang und in Teilstrecken des Gesäuses selbst; die steirische Salza von Gußwerk bis zur Ennsmündung bei Großreifling; die obere Mur von Tamsweg bis Murau; die Steyr, die Traun — vor allem die Koppentraun —, die Schwarza mit anderen Donauzuflüssen; die Salzach, Lammer und Saalach; die Möll, Gail, Drau, Isel, Malta und die herrliche Lieser; die Kössener und die Ötztaler Ache; Sanna, Rosanna, Trisanna, Sill und Inn, schließlich auch die Bregenzer Ache.
Gletscherbäche, einst von Jüngern des Kajaksports besonders an heißen Julinachmittagen geschätzt, gibt es keine mehr. Hochgebirgsspeicher, Kraftwerkbauten haben die Gerinne austrocknen lassen oder unbefahrbar gemacht. Der Gletscherbach der Pasterze, die Möll, eines der rassigsten Wildgewässer der österreichischen Alpen, ist heute ein Wanderfluß ohne nennenswerte Beschwer. Einst mit Schwierigkeitsgraden IV und V, von Pockhorn bei Heiligenblut benützbar, kann sie heute erst von Untergratschach bei Obervellach an befahren werden.
Die energiewirtschaftliche Nutzung der Alpenflüsse zwang auch dazu, die einst beliebtesten Regattastrecken zu verlegen. Letzte Kajak- und Canadier-Einer und -Zweier im Rennbewerb sah die klassische Regattastrecke des Gesäuses im Jahre 1965. Schöne, schwere und schwierigste Rennstrecken bieten noch immer Lieser und Sanna. Einen Marathonbewerb über 42 km erlebt jährlich die Salza. Leichtere Bewerbe finden u. a. auf der Schwarza, der Steyr, der Enns und der Saalach statt, auch auf der Möll.

Kajaksportler auf der Möll bei Obervellach, Kärnten.

Europas höchstgelegene Wetterstation

Im Hüttenkasten auf dem einsamen Felsgipfel stapft ein Mann von Instrument zu Instrument, klettert in den Strahlungsturm. Jede dritte Stunde. Dann ruft er Salzburg. Minuten später füllt sich ein Formblatt in Wien. Bald darauf kennen alle Stationen Europas die Wetterlage auf ihrer höchsten Warte im Detail.
Nur an Herbsttagen nach einem Schönwettersommer streckt das Kleine Fleißkees seine Zunge dem Betrachter so niedlich entgegen. Im Winter liegen über ihr fünf und mehr Meter hohe Schneemassen. Bei Minus 38 Grad fegt es dann oft mit 100 km/h über den Rauriser Sonnblick. Fallen zu solcher Zeit eine Antenne, ein Totalisator aus, schiebt sich der Dreistundenmann angeseilt und mit Gesichtsmaske vermummt hinaus in den Orkan und beginnt zu suchen.
Im Zeitalter der Satelliten, Raketen, Sonden eine noch handgesteuerte Wetterstation? „Meteorologische Probleme", erklärt Professor Hans Tollner, „lassen sich auch heute nur durch ununterbrochene Beobachtungen und Messungen mitten im Bereich intensivsten Wettergeschehens verstehen und erklären."
Vor bald drei Menschenaltern gab ein Goldgewerke die Anregung zum Observatorium. Bergknappen waren auch die ersten Wetterwarte. Sechs Stunden und mehr im Aufstieg, vier etwa im Abstieg schleppten auch nach ihnen die Sonnblickleute in den Sommermonaten mehrmals wöchentlich auf ihren Rückenkraxen Geräte, Hausrat und Vorrat für acht Monate polarer Gipfeleinsamkeit. Mit dem ABC war es oft nicht weit her bei ihnen, aber ihre Instrumente kannten sie wie ein Bauer sein Vieh. Forscher und Universitätslehrer schätzten die Salzburger auf dem Sonnblick als unentbehrliche Helfer.
Jahre hindurch hatte das Rauriser Observatorium Nachwuchssorgen. Wer wollte in der angehenden Wohlstandszeit schon Gipfelheiliger werden? Heute, da eine Materialseilbahn nach 23 Diensttagen schnell in einen sieben- und mehrtägigen Urlaub gleiten läßt und zu jeder Zeit für Frischgemüse, Brot, Obst und Trinkwasser sorgt, liegen die Dinge anders. Der Wetterwart ist Bundesangestellter mit Trennungs-, Gefahren-, Höhen-, Messungs- und sonstigen Zulagen. Obwohl jetzt vor allem Kenntnisse von Elektrikern und Mechanikern gefordert werden — für Strahlungsgeräte, Ultrakurzwellentelephone usw. —, melden sich Männer aller Jahrgänge für den Sonnblick, sogar Mädchen.
Rauriser Sonnblick, wie lange noch? Eine Zeitung meldete: „Skizirkus geplant — Alpinzentrum Süd — Umlaufseilbahn vom Fleißtal über den alten Pocher und den Zirmsee — schwebend zum Sonnblickgipfel."
Nun hoffen alle vernünftigen Menschen, daß Salzburg und Österreich auch harte Naturschützer besitzt.

Den Rauriser Sonnblick, 3106 Meter, mit Zittelhaus und Wetterwarte — im Bild knapp darüber das Niedersachsenhaus, der Übergang ins Naßfeld und Gasteiner Tal — erreicht man von der Kärntner Seite her über das „Kleine Fleißkees" im Vordergrund.

Alle Wasser für Kaprun

In 2000 Metern Seehöhe fängt der Kärntner Wochenspeicher mit nutzbarem Inhalt von 3,2 Millionen m^3 den Abfluß des Pasterzengletschers. Durch den 12 Kilometer langen Möllüberleitungsstollen fließt das südlich der Alpen, in Kärnten, gestaute Wasser in den Moserbodenspeicher der Kapruner Kraftwerke, nördlich des Hauptkammes, im Salzburgischen. Auf halber Strecke nimmt der Stollen auch die Käferbäche auf.
Für den Bau der beiden Staumauern, der Möllsperre und der Margeritzensperre, 93 und 37 Meter hoch, mußte in der Nähe von Heiligenblut ein eigenes Baustromkraftwerk gebaut werden. In einem Einzugsgebiet von 30 km^2 faßte man die Bäche, um notwendige 13,7 Millionen kWh zu erzeugen.

Speicher Margeritze in Kärnten oberhalb der Gletscherstraße zur Franz-Josefs-Höhe. Links unten im Bild das Glocknerhaus.

Markgraf Alfred Pallavicini

Mit 19 Mann, Trägern, Führern und Begleitern, war Fürstbischof Graf Salm-Reiferscheid bei Schlechtwetter von Heiligenblut aufgebrochen. Den Gipfel erreichten unter dem wolkenlosen Himmel sechs Tage später nur Generalvikar von Hohenwarth und Herr von Zoppoth mit den Brüdern Klotz. Unter Böllergekrach aus dem Tal setzten die beiden Heiligenbluter Zimmerleute ein Kreuz auf den noch von keines Menschen Fuß betretenen Glockner. Erst oben allerdings hatten die Männer bemerkt: das Ziel ihrer Expedition besaß zwei Gipfel. Jenseits einer von unten nicht sichtbaren Spalte einen zweiten, höheren.
Von ihm, dem „Großglockner", winkte ein Jahr später, am 29. Juli 1800, als erster Mensch Pfarrer Horasch aus Döllach. Jede Hilfe verschmähend, hatte der geistliche Herr die Bergflanke gequert, war zur Scharte geeilt und allein auf Österreichs höchsten Berg gestiegen. Zum Erstaunen der Expeditionskollegen, die teils bereits umgekehrt, teils noch damit beschäftigt waren, Schneestufen zum Kleinglockner emporzuschlagen.
Mehr als ein halbes Jahrhundert folgten Berggeher der Route der Erstersteiger über das Leiterkees. Als die Tiroler den „Alten Kalser Weg" und Stüdl, der „Glocknerherr", den Südwestgrat erschlossen hatten, kam der 28jährige Markgraf Alfred Pallavicini, der „stärkste Mann von Wien", nach Heiligenblut. Noch bevor der Münchner Alpinist Hofmann durch das äußere Glocknerkar und Meletzki über den nach ihm benannten Grat die „Adlersruhe" erreicht hatten, bezwang er 1876 den wie senkrecht zwischen Klein- und Großglockner abstürzenden Eiskanal der Nordflanke. Zweitausendfünfhundert Stufen schlug Johann Tribusser aus Heiligenblut auf seine Anweisung in die Rinne.
Wenig später hatte sich der Wiener dazu entschlossen, die Gesamtüberschreitung des Glockner-Nordwestgrates zu wagen. Während einer Erkundungstour jedoch stürzten er und seine Begleiter mit einer Wächte hundert und mehr Meter in die Tiefe. Pallavicini überlebte als einziger. Er blutete aus einer schweren Kopfwunde, das linke Auge war ausgeronnen, die Nase zertrümmert. Nur noch mit einem Schuh, ohne Handschuhe und Pickel, versuchte der Halbblinde, durch den Eissturz die rettende Pasterze zu erreichen. In stundenlangem Kampf schleppte er sich bis zum Fuß der Rinne, die heute seinen Namen trägt. Dort starb er.

Der Großglockner, 3798 Meter, Österreichs höchster Berg. Im Hintergrund die Gletscher der Venedigergruppe. Im Vordergrund links das Firnfeld des „Bahnhofs", auch „Glocknerleitl" genannt. Zwischen Klein- und Großglocknergipfel die Pallavicinirinne. Rechts die Glocknerwand. Mit dem Gletscherbruch öffnet sich das Innere Glocknerkar zur Pasterze hin. Sie ist in der rechten unteren Bildecke noch sichtbar.

Bestätigung von oben

Seit Huygens, Frauenhofer und Zeiß sah der forschende Mensch durch das Mikroskop vorher nie geahnte Dimensionen in ähnlichen Bildern. In jüngerer Zeit lernte er, sie mathematisch zu erfassen und wissenschaftlich auszuwerten. Spätestens seit Van Gogh begannen Maler solche Strukturen als eine mögliche Sicht der Natur darzustellen.
Nun bestätigt das Flugbild die frühe Schau des Wissenschaftlers und Künstlers. Vers- und Prosazeilen machen jetzt solche Dimensionen und Strukturen im Alltäglichen artikulierbar, lassen sie als Erscheinungsformen einer neuen Wirklichkeit verständlich werden.

Firn und Fels, Eis und Gletscher der Pasterze am Fuße des Großglockners im Herbst.

Die Brunnenstube

Hundert Milliarden Kubikmeter Wasser, so rechnet man, spendet der Himmel im Jahr unserem Land. Nicht gleichmäßig verteilt. Nördliche und südliche Vorgebirge zwingen die Regenwinde von Atlantik und Adria, sich in ihre Talbetten zu ergießen, noch bevor sie den Alpenhauptkamm erreichen. So kommt es, daß die Karnischen Alpen, die Karawanken im Süden, das Tiroler und das Tote Gebirge, Karwendel und Dachstein im Norden, sich jährlich mit 2000 bis 2500 mm Niederschlag pro Quadratzentimeter bedacht sehen. Im obersten Inntal aber, in Gegenden wie Finstermünz oder Imst, im Ötztal fallen genauso wie im Wald- und Weinviertel, im Wiener Becken, wo das Kontinentalklima diktiert, 600, 700 oder 800 mm. 1200 mm ist österreichisches Jahresmittel. Gespeichert wird die Himmelsspende weniger in den Talböden als in den Höhlen und Klüften der Gebirge. Sie sind die eigentliche Brunnenstube, das Wassergroßreservoir des Landes. Auch wenn sich der Himmel der Erde durch Wochen und Monate versagt, immer noch rinnen dann die Quellen, schießen Bäche, fließen Flüsse und strömt der große Strom zum Meer. Mit Quellwasser werden in Österreich noch 65 % des Wasserbedarfs gedeckt. Eine Stadt wie Innsbruck löscht einfachen Durst und kleine Brände, versorgt Werke und Betriebe ausschließlich mit Quellwasser, Salzburg und Wien tun es zu 80 oder 73 %. Wie lang noch? Überall schon muß man sich mehr und mehr des Oberflächenwassers bedienen.

Blick über Osttirol. Schobergruppe, Lienzer Dolomiten und Karnische Alpen.

Wildbäche

Seit der Jahrhundertwende haben in Österreich Wildbäche vermurt: 650 km^2 Kulturboden, 1200 km Bundes- und Landesstraßen, 60 km Bahntrasse. 11 000 Häuser sind beschädigt oder zerstört worden, 600 Menschen ertranken in ihren Fluten.
Österreich, in Europa von Wildbächen am meisten bedroht, war auch der erste Staat, der Wildbäche systematisch verbauen ließ, Lehrkanzeln für Wildbachverbauung einrichtete. Doch sind von 2000 „tätigen“ Wildbächen mit einem Einzugsgebiet von 27 660 km^2, einem Drittel der Fläche Österreichs, heute noch 1500 unverbaut. Sie bedrohen 6000 Häuser, 230 km^2 Kulturboden, 280 km Straßen und 24 km Bahnstrecke.
Verläßliche Voraussagen, welche Rinnsale sich in Regenzeiten zu Wildbächen verwandeln, sind nicht möglich. Die Hochwasser der Jahre 1965 und 1966 überspülten und vernichteten auch vor Überschwemmungen anscheinend völlig sicheres Gelände, insgesamt 12 000 ha Land, zum Großteil mehrmals. 323 km Dämme, Ufer und Gerinne wurden damals vermurt, unterwaschen oder weggerissen, 419 Brücken, 230 Wohn- und Wirtschaftsgebäude, 83 km Straße. Am meisten betroffen war Osttirol in allen Tälern, auch entlang des ganzen Iseltals.

Das Iseltal in Osttirol. Am unteren Bildrand St. Johann im Walde, im Hintergrund Huben. Die alte Straße führt an der Ruine Kienburg vorbei. Rechts die Felbertauernstraße.

Unterhalb von oben

Schon vor dem Ersten Weltkrieg, 1912, schoß man am Bodensee Unterwasseraufnahmen aus der Luft. 1930 begründeten Wasserwissenschaftler an ihm eine erste „Aero-Limnologische Zentrale". Die Möglichkeit, aus großen Höhen bis zu einer gewissen Tiefe erfolgreicher und großflächiger unter das Wasser zu sehen als vom Boot aus, hatte sie fasziniert.
Doch vermittelten erst, seit sich die Farbbildtechnik perfektionierte, Luftbildaufnahmen für den Gewässerkundler ein Maximum an Informationen. Falsch-Farbenaufnahmen, auch für Infrarot empfindliches Filmmaterial, bieten bisher nicht geahnte Interpretationsmöglichkeiten. Küstenmorphologie, Forschungen über Wasservegetation und Wasserverschmutzung sind ohne Flugbildauswertungen unvorstellbar geworden.
Mit seinem Einzugsgebiet von 6315 km^2 bestimmt der Alpenrhein das Wasserregiment von Österreichs größtem See. Die Seespiegelschwankungen zwischen Niederwasser im Winter und den Frühjahrs-Sommer-Hochwassern betragen im Schnitt etwa anderthalb Meter. Im Hochwasserjahr 1965 waren es über zweieinhalb. Zwischen der Höchstmarke des Jahres 1817 und der niedrigsten von 1858 liegen vier Meter.

Mündung der Bregenzer Ache in den Bodensee.

Fenster nach Westen

Es war ein Rechenexempel. Eine halbe Million Reiselustiger geht sommersüber in der Bregenzer Bucht an Land, schifft sich hier ein. Fast die Hälfte läßt sich in 4,8 Minuten auf den 1064 Meter hohen Pfänder emporziehen. Was muß die Stadt am See aufbieten, um die andere Hälfte zu bewegen, länger als eine Stunde in ihren Mauern zu bleiben? Vor allem: Wie ist der goldene Weizen von der Halbmillionenspreu zu scheiden?
Der See, der ein „Meer“ ist, lud dazu ein, auf ihm etwas in Europa Größtes zu veranstalten: Spiele auf dem See, auf einer Bühne mitten im Wasser, 200 × 110 Meter, 25 bis 50 Meter von 600 Zuschauern entfernt.
Österreichs Metropole, dankbar für ein solches Fenster nach Westen, leiht Wiener Charme, Operette, Schauspiel, Symphoniker, Burgtheater und Bundespräsidenten.

Die Seebühne in Bregenz. Im Juli und August jedes Jahres Hauptschauplatz der Bregenzer Festspiele.

Ein glöggli und ein wolgeratni ê

Auf dem isolierten Bergsporn lag das keltische Oppidum. Von hier aus begann sich das romanische Brigantium, die Römersiedlung, hin gegen den See zu formieren.
Von der kleinen mittelalterlichen Stadt, rechteckig ummauert, erhielten sich der Grundriß und einige Gebäude. Der Martinsturm des 14. Jahrhunderts mit dem Dach von 1701. Das Schlößchen der Herren von Deuring mit Fassade des 17. Jahrhunderts. Das alte Rathaus, ein Fachwerkbau von 1511, das Alte Gesellenspital und das Gasthaus „Zum Storchen".
1407 und 1408, als die Appenzeller und der Bund ob dem See fast alle Burgen im Land zerstört und die Städte besetzt hatten, widerstand Bregenz. Der schwäbische Ritterbund vom St. Georgenschild entsetzte die Belagerten. Die Montforter wurden wieder Herren. Unter ihnen Hugo von Montfort, 1357—1423, verspäteter Minnesänger, hoher kaiserlicher Beamter, mehrfacher Burgherr auch im Steirischen und dreimal glücklicher Ehemann. Die Oberstadt hat ihm ein Denkmal gesetzt.
Der Montforter hat der Zeit sein Anliegen in Liedern, Reden und Briefen glaubhaft zu machen versucht:

Ich freu mich gen des abentz kunft
der nacht, wenn si her slichen tuot —
Ein glöggli man erklenket suss,
darnach hör ich eins hornes don;
ein halsen und ein lieplich kuss
das wirt uns beiden nun ze lon.

Siebzehn Reden mit Antworten handeln vom gleichen Thema. Allerdings nicht immer so ungekünstelt: Sag an, was ist das liebst uff erden? ich sprach: das sag ich dir, ein wolgeratni ê!

Die Altstadt von Bregenz mit dem Martinsturm in der Nordwestecke, links. Das Schlößchen der Herren von Deuring in der Südwestecke.

Erholungsdörfer, Kur- und Klimaorte

Kaum eine Landschaft in Österreich, in der nicht zumindest einige Dörfer und Marktflecken böten, was man unter Erholungsklima versteht: ruhige Spazierwege mit Rastplätzen in reiner Luft. Im Sommer nicht allzu heiß, im Herbst und Winter nicht allzuviel Nebel und Wind, nicht allzuwenig Schnee im Winter. Erholungsklima besitzt mit wenig Ausnahmen Westösterreich so gut wie überall.
Zum Erholungsdorf wird eine Gemeinde „ernannt", sobald sie bestimmte Voraussetzungen auch sonstiger Art erfüllt. „Luftkurort" dürfen sich Siedlungen mit überprüften überdurchschnittlichen klimatischen Verhältnissen nennen. Das Prädikat „Heilklimatischer Kurort" erhalten Gemeinden mit Komfort und Einrichtungen, wenn sie in vorwiegend nebelfreien Zonen liegen, zu allen Jahreszeiten günstige Temperaturen ohne große Schwankungen aufzuweisen vermögen, die Niederschläge sich in Grenzen halten, die Gegend vor Wind geschützt, die regelmäßig als rein nachgewiesene Luft bei Hitze jedoch bewegt ist.
Das Vorarlberger Dorf mit dem Namen Dorf ist ein Dorf für viele Dörfer. Am Rande des Hinteren Bregenzerwaldes oberhalb der Rheinfurche liegt es jedoch in der Nachbarschaft eines der etwa 60 Heilklima-Hoffnungsgebiete, die man in Österreich feststellte: nördlich des Bödele und Hochälple, des Viktors- und des Dünserberges.

Bildstein oberhalb Schwarzach, südlich von Bregenz.

Strategisches Gewicht erhielt der Paß unter den frühen Habsburgern. Als sie im 14. Jahrhundert um ihr Stammland in der Schweiz kämpften und mit dem Land vor dem Arlberg auch den Breisgau erwarben. Wirtschaftlich von Bedeutung wurde die 1804 Meter hoch liegende Gebirgsfurche für Österreich erst in neuerer Zeit.
Am Saumverkehr verdiente das ganze Stanzertal. Rhätoromanen richteten für Paßgeher und Fuhrleute Stuben zum Aufwärmen ein, der Ort erhielt seinen Namen von ihnen. Regelmäßige Postverbindung nach Tirol kam erst 1825 zustande. Dreißig Jahre später durchfuhr die erste Eisenbahn den Zehn-Kilometer-Tunnel. 1979 soll ein ebenso langes Rohr mit vier Kilometer Galerien und Vortunnel die Straßenverbindung zwischen Ost- und Westeuropa wintersicher machen. Schon heute rollen jährlich vier Millionen Tonnen Frachtgut und an die sechs Millionen Fahrgäste über den Paß und durch den Berg.
Im einstigen Hospiz St. Christoph, für dessen Errichtung 1385 Heinrich von Kempten zu Spenden aufrief — die Spender ließen ihre Wappen in ein Bruderschaftsbuch zeichnen, heute eine heraldische Kostbarkeit von Rang —, ist am 3. Januar 1901 der Skiklub Arlberg gegründet worden. Seit 1922 Hannes Schneider, Skilehrer aus Stuben, in St. Anton seine Skischule eröffnet hatte, Filme vom „Wunder des Schneeschuhs" und von der „Sonne über dem Arlberg" gedreht wurden, erhielt der Arlberg Weltruf. 1937 ist in Zürs der für Österreich erste Schlepplift, 1939 in Lech die erste Liftanlage gebaut worden. Heute frequentieren jährlich Hunderttausende den Weißen Ring, den Skizirkus rund um und auf die Valluga: St. Anton–St. Christoph–Zürs–Lech–Stuben.

Stuben an der Arlbergstraße in Vorarlberg. Links die Flexenstraße, Valluga und Galzig, rechts das Verwall mit Hohem Riffler.

Entlang einer einzigen Talfurche

Der Gebirgsfluß entspringt unter dem 3312 Meter hohen Piz Buin in der Silvretta. In 426 Metern Seehöhe mündet er nach 67 Kilometern in den Rhein. Die Rohwasserkräfte der JII im niederschlagsreichen Montafon in der zum Speicher- und Kraftwerkbau ideal geeigneten Talfurche zu nützen, etablierte sich 1924 die Aktiengesellschaft JIlwerke.
Zwischen 1925 und 1930 entstand das Vermuntwerk Partenen. Seit 1938 baute man in über 2000 Metern Seehöhe an dem 38 Millionen m^3 fassenden Silvrettaspeicher, dem Vermuntspeicher und dem Obervermuntwerk. Zwischen 1948 und 1953 errichtete Wehre, Stollen und Speicher stauten Bäche aus einem Einzugsgebiet von 115 km^2 mit 161 Millionen m^3 Wasser. Der größte natürliche See des Gebietes, der Lünersee, wurde nach 1954 Stausee. Gleichzeitig entstand das Lünerseewerk. Am Kopsspeicher und Kopswerk des oberen JIlaufs ist seit 1960 gebaut worden.
Transportanlagen, für den Baubetrieb errichtet, Schrägaufzüge und die Seilbahn zum Lünersee, sind für den öffentlichen Verkehr freigegeben worden. Auch die Silvretta-Hochalpenstraße von Partenen nach Galtür. Über die 2040 Meter hohe Bielerhöhe verbindet sie Tirol mit Vorarlberg.

Der Silvretta-Stausee in Vorarlberg.

Vallüla

Silvretta, Ischgl, Galtür, Paznaun, Montafon, Schesaplana sind rhätoromanische Namen. Stammen von jenen keltisch-illyrischen Urbewohnern des Grenzgebirges, die mit romanischen Siedlern „zu einer gewissen Kultureinheit" verschmolzen. Doch rührt in diesen Namen noch vieles aus vorromanischer Zeit, ist gallischen Ursprungs.
Vermunt, Verwall, Vermala, Vergalda entsprang aus Valumunt, Valbell, Val mala, Val calda, muß übersetzt werden mit: Bergtal, Schöntal, Böses und Warmes Tal. Vallüla, im Rhätoromanischen „Walüja" gesprochen, heißt „Kleines Tal".
Vermunt-Bergtal ist die älteste Bezeichnung für das Kernstück der Silvretta rings um die 2815 Meter hohe Vallüla, den „Vlüllner Berg", nördlich der Bielerhöhe an der Silvretta-Hochalpenstraße. In seinem Silvrettabuch singt Walther Flaig das Hohelied dieser Landschaft:
Die Vallüla ist d a s Wahrzeichen der Innerfratte, die sie abschließt mit ihrem Dreizack. Alle Reisenden, die mit der Kraftpost talein fahren, pflegen bei St. Gallenkirch zu fragen: „Wie heißt der schöne Berg da hinten?" Alle Berggeher möchten ihn besteigen. Aller Entzücken aber ist der Name: Vallüla.
Kein Berg in der Silvretta gewährt einen so geschlossenen Anblick und Überblick wie die Vallüla. In einem genauen Halbkreis, dessen Mitte ihr Gipfel bildet, scheinen die Berge ringsum aufgestellt, und zwar im Südhalbkreis, der nach Norden geöffnet ist. Das ist bei einem „Schneegebirge süß umblaut" entscheidend, denn selbst erhabene Eisgebirge gewähren vom Süden selten einen schönen Anblick. Die reich verfirnten Nordflanken dagegen sind meist von jenem kaltblausilbrigen Glanz umwoben, der Verlockung und Abweisung so bestrickend in sich vereinigt. Die Vallüla erfüllt diese Voraussetzung einzigartig.

Das Vermunt in der Silvretta, Vorarlberg. Rechts die Vallüla, 2815 Meter.

In der Schlußphase der geologischen Entwicklung hatte sich im heutigen Alpenraum innerhalb von Jahrmillionen die Erdrinde noch einmal gefaltet, hatten sich gigantische Gesteinsdecken übereinandergeschoben. Ältestes Gestein über jüngeres, junges über älteres. Die Silvrettadecke entstand, eine der geschlossensten zuoberst liegenden Decken in den Ostalpen.
Wasser, Frost, Eis, Hitze, Winde und Lawinen haben während 70 Millionen Jahren die einstige Hochfläche in ein wüstes Feld von Schrofen, Türmen, Graten und Gebirgszügen verwandelt. Nur wenige Gipfel überragen es, markieren das einst viel höher gelegene Niveau der alttertiären Deckenlandschaft. Links das Fluchthorn, 3299 Meter hoch, über dem Piz Buin, 3312 Meter (rechts der felsige Klotz), der Piz Linard, 3414 Meter. Ihr Gneis- und Hornblendegestein widerstand den Erosionsgewalten besser als das der durchschnittlich auf 3200 Meter reduzierten Gipfelflur rund um sie.
In der Neuzeit der Erdgeschichte, bevor und während sich auf dem Planeten der aufrechtgehende Mensch zu bewegen begann, überzog sich bei sinkenden Temperaturen und vermehrten Niederschlägen die Gipfelflur mit Eismassen. In vier Vorstößen ergossen sich im Diluvium, in den Eiszeiten, Gletscherströme bis in die süddeutsche Ebene. Die Firnbecken der Silvretta entsandten ihre Eismassen ins Paznaun und ins Engadin. Über Landeck, Innsbruck und Kufstein schob sich der Inngletscher ins Vorland. Riesige Moränen hinterlassend, als er sich rückbildete. Zu jenen kleinen Restfirnen rückbildete, wie sie heute noch in den obersten Bereichen der von ihnen ausgehobelten Trogtäler hängen. In unserem Bild im oberen Jamtal und im Laraintal.

Das Larain- und das Jamtal in der Silvretta, Tirol. Links das Laraintal mit Fluchthorn und Ortler im Hintergrund. Rechts das Jamtal mit Piz Buin, Piz Linard und Bernina im Hintergrund. Im Vordergrund Trisannatal bei Galtür und Höhenzüge des Verwall.

Außerlangesthei

Früher, ja früher, da sei es hier wirklich „stickl" gewesen, viel steiler als heute, schmunzelt der Alte. Sogar die Hühner hätten da Steigeisen tragen müssen. Jetzt gäbe es die Betonmauern, die Traktorenwege. Aber die Lahn, die Lawine, die sause noch immer an ihnen vorbei. Von der Petzinerspitze herunter, tausend Meter über ihnen, ins Tal, 400 Meter unter ihnen. Da nützt der ganze Beton nichts.
Wer sich in dem 30 Kilometer langen Trisannatal die Marterln an Bäumen und Zäunen besieht, Friedhöfe, Kapellen und Kirchen besucht, erfährt einiges vom Bergbauernleben hier. Von den früheren Zeiten, lange bevor 1953 die Silvretta-Hochalpenstraße auch das Paznauntal an die motorisierte Welt schloß.
Bayern hatten sich im 10. Jahrhundert in Einzelhöfen festgesetzt. Auf Steilhängen in halbwegiger Sonnenlage. Die Walser, Waliser Bauern, im 13. Jahrhundert. Der Landecker Quarzphyllit, leichtverwitternder Schiefer, ließ eine gedeihliche Almwirtschaft zu. Die Furchen wurden bis an die Felsabstürze gezogen. Doch rissen diese Ackerkrume Muren und Lawinen zu Tal, immer häufiger, je mehr Wald man schlug.
Die zweiten und dritten Söhne mußten sich dann oft außerhalb der Talschaft verdingen. Aber der Taglöhnerverdienst war zuzeiten kärglich, das Auskommen auf den Steilhängen gesicherter als im Flachland. Sie kamen wieder zurück, nach Hause. Aus den Einzelhöfen wurden allmählich kleine, bald auch größere Weiler.

Wia m 's aushaltn herobn?
Wal m'r an Ausdauer ham —
Schau d'r d'Arbat von Wasser an
Druntn in da Klamm!

Ortsteil Außerlangesthei im Paznauntal in Tirol, 400 Meter oberhalb des Trisannaflusses.

Ein fotogener Vorarlberger in Tirol

Er ist ein Vorarlberger. Am Fuß der Roten Wand, westlich von Lech am Arlberg, entringt er sich dem Schoß der alten Formarinalm. Erst bei Warth wird er Tiroler. Doch begleitet den Fluß Vorarlbergisches noch im Außerfern, im Land westlich des Fernpaßes. Auch hier, in der am spätesten besiedelten Talschaft Tirols, ist an seinen Ufern eine Art alemannischen Dialekts zu hören. Manchen Häusern und Vorgärten meint man Schwäbisches anzusehen.
Die peinliche Ordnung, Sauberkeit und den Schönheitssinn des schwäbischen Elements bedrohte der Lech seit je in seiner gesamten Talschaft. Was immer man an Dämmen und Buhnen gegen ihn errichtete, sein Geschiebe, Unmassen von Gestein, Geröll, Schotter und Sand, verwüsteten in fast regelmäßiger Abfolge oft den ganzen Talboden.
Mit immer neuem Bettwechsel überraschte der wilde Tiroler die Anrainer und erzwang sich Respektabstand, duldete streckenweise weder Weg noch Steg in seiner Nähe. Nur höher gelegenes Gelände und Baumwuchs boten ersten Siedlern einigermaßen Schutz.
Jäger und Fischer wissen den ungebärdigen Burschen seit alters her zu schätzen. Daß er auch fotogen ist, entdeckten die Flieger.

Der Lech nördlich von Reutte in Tirol. Blick nach Südosten aus der Richtung Musau.

Alpenfjorde

Über dreihundert Quadratkilometer Wasserfläche ist den Alpen zugewachsen, seit man die Täler als Speicher zu nutzen begann. Eine Wassermenge, die — obwohl mühelos in einen einzigen russischen Stausee mittlerer Größe unterzubringen — vielen Gebirgszügen nahm, was sie auszeichnete: Unberührtheit, Fauna und Flora. Doch sind von den 322 Speichern im stauseereichsten Gebirge der Welt nur 196 „echt", neu angelegt. 126 von ihnen schuf die Natur vor Jahrmillionen. Karseen im Hochgebirge, Seebecken in den Tälern.
Dämme, kaum störende Sperrbauten machen solche Wasserflächen nutzbar. Der Weißen-, Achen-, Walchen- und Plansee sind Beispiele.
Oft werden Landschaft und Umgebung gerade durch eine solche „Bewirtschaftung" der Seen vorteilhaft verändert. In einen der skandinavischen Fjorde meint sich der Besucher einiger Alpenseen heute versetzt. Besonders bei gefüllten Becken im Mai und Juni, im September und Oktober. Auch im Winter — wenn die Schneedecke gnädig kahle Uferfelsen und -flächen rund um den abgesunkenen Seespiegel verdeckt.

Der Plansee bei Reutte in Tirol. Von Nordosten bei einsetzendem Tauwetter.

Einige Orts-, Berg- und Flußnamen in bizarrer Antiquaschrift in das Bild gesetzt, und wir haben eine der frühen Landkarten vor uns. Eine Kopie der arabischen Weltkarte des Idrisi etwa aus dem 12. Jahrhundert, eine der Länderkarten des Sebastian Münzer, des Johannes Aventinus oder des Wolfgang Lazius aus humanistischer Zeit. Eine der ersten Karten aus der Neuen Welt wie die des John Foster.
Immer wieder vergeblich waren Liebhaber kartographischer Werke bemüht, sich in die Vorstellungswelt der frühen Kartenzeichner zu finden. Bestaunten die bei stupendem Wissen und weitreichenden topografischen Kenntnissen ihrer Urheber doch immer naiv-bildhaften, künstlerischen Zeichnungen. Nirgends auch nur der Anflug von abstrakten Zügen innerhalb der im Bild erfaßten Naturwirklichkeit: mäandrierende Flüsse, aneinandergereihte örtliche Merkmale, Berge und Häuschen mit Kinderaugen gesehen, spottend jeder geometrischen „Richtigkeit". Weder orientiert nach einer Weltrichtung noch gemessen an der „wahren" Größe. Immer blieben diese frühen Künstler „im Bilde", waren sie darauf bedacht, ihr Werk frei zu gestalten, es gefällig abzurunden.
Bis zur Mitte des 16. Jahrhunderts wurden Karten vornehmlich auf Pergament und Papier gezeichnet, meist auch mit wertvollen Miniaturen geschmückt. Schon 1560 druckte man Karten von Holzschnitten, nach 1600 von Kupferplatten. Vielfach waren sie Vorlagen für Wandschmuck, für Fußbodenmuster, Teppiche und Fresken.
Erst das 18. Jahrhundert machte die Karte zur ausschließlichen Orientierungshilfe, zum fachwissenschaftlichen Objekt. Die moderne Landkarte, ein mit Hilfe symbolischer Zeichen auf das Wesentliche reduziertes abstraktes Abbild der Erde, schufen nicht mehr Künstler, sondern Kartografen, Grafiker.
Der Kartograf von heute arbeitet am Stereokartiergerät. Nur wenige Bezugspunkte werden vom Boden aus vermessen. Das Flugbild, mit einer Genauigkeit bis zu 0,02 mm abgetastet, garantiert die topografisch einwandfreie Landkarte.

Bachmäander am Heiterwanger See bei Tauwetter, südlich Reutte, Tirol.

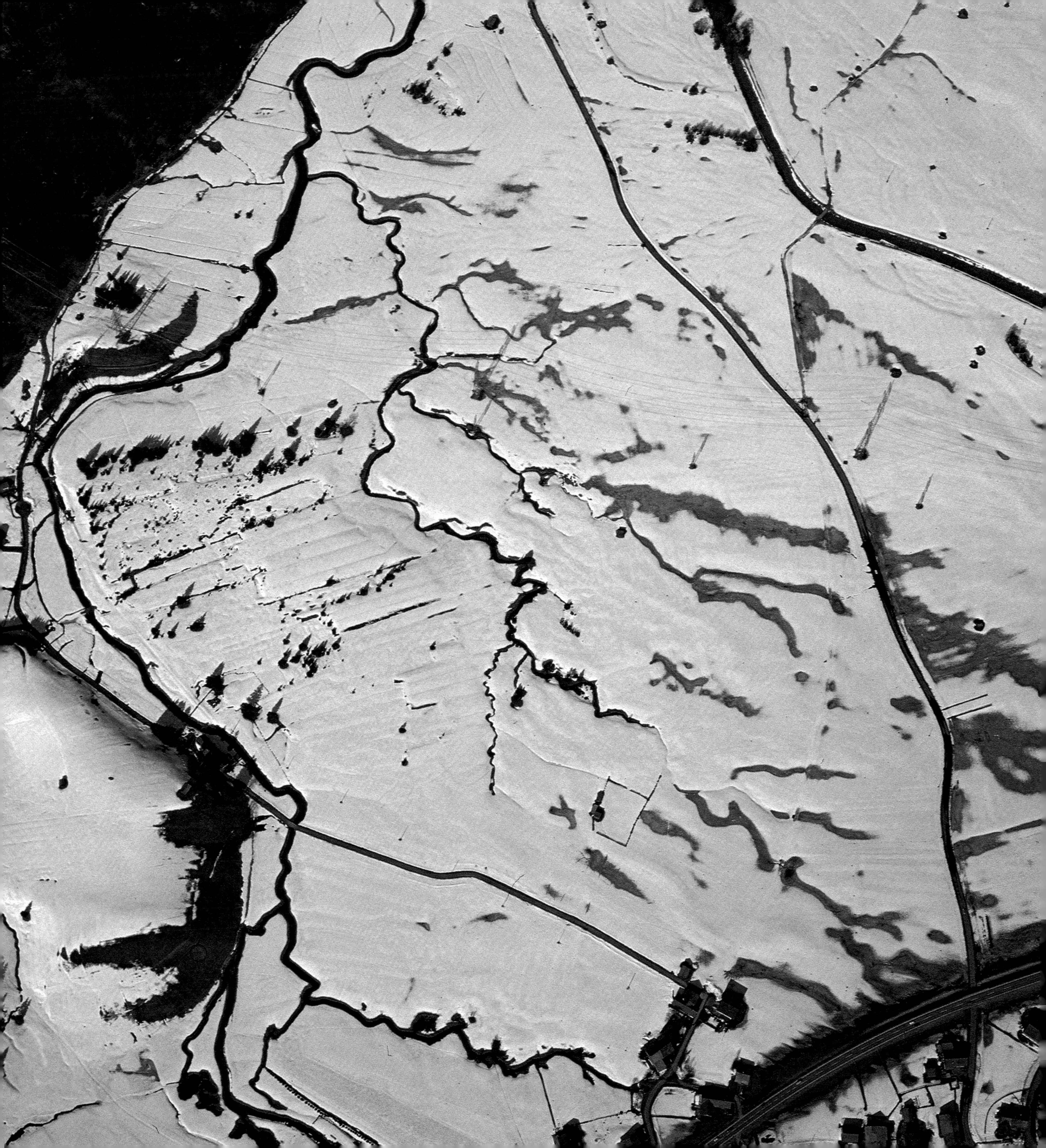

Dachsteingletscher und Kitzsteinhorn, der Olperer in den Zillertalern und der Wurmkogel in den Ötztalern sind seit längerem schon für Passionierte auch im Sommer über ein kurzes Wochende skifahrerisch zu nützen. Seit 1973 können sie sich auch in den Stubaiern auf 3000 Meter Höhe und darüber ziehen lassen. Über Schönberg an der Brennerautobahn und Neustift im Stubaital erreicht man auf neu ausgebauter Straße die Mutterbergalm in 1720 Metern Höhe, von ihr an Seilen über die Dresdner Hütte des Eisjoch in 3200 Metern, die Daunscharte und das Fernaujoch. Pistenfreunden bieten sich hier acht bis zu drei Kilometer lange, leichte und mittelschwere Abfahrten.
Fachleute wie Laien sind über Erschließungen solch hochalpiner Gebiete geteilter Meinung. Hin und wieder allerdings loben auch erfahrene Berg- und Eisgeher Transportmittel in die Dreitausenderhöhen. Sie verhelfen ihnen zwischendurch zu Trainings- und Konditionstouren abseits der Piste. In Stundenfrist stehen sie jetzt im Sommer vor der Hochstubaihütte, 3173 Meter, im Vordergrund. Das hochalpine Ski- und Tourengebiet, früher nur im Sechs- bis Achtstundenanstieg von Sölden im Ötztal, wintersüber nur bei gutem Wetter von der Amberger Hütte her zu ersteigen, bietet herrliche „Eingehtouren": auf die Wilde Leck und die Warenkarseitenspitze. In vierzig Minuten erreicht der Zünftige über den Ferner im Vordergrund den Wütenkarsattel (etwas verdeckt am linken Bildrand), von ihm mit Schwierigkeitsgraden I—III über den meist verwächteten Westgrat den Windacher Daunkogel (Bildmitte). Vom Wütenkarsattel beginnt auch die herrliche Abfahrt über den Sulztalferner, steigt man in drei Stunden „in der Sulze" zur Amberger Hütte ab.
Die Hochstubaihütte gehört der Sektion Dresden des Deutschen Alpenvereins. Anfang Juli bis Anfang September bewirtschaftet, bietet sie Nachtruhe in zehn Betten und auf 43 Lagern. Skiwanderer, die sie zwischen September und Juni erreichen, finden im Winterraum sechs Lager vor.

Die Stubaier Alpen, Tirol. Wütenkarferner und Hochstubaihütte im Vordergrund. In der Bildmitte der Windacher Daunkogel, rechts Stubaier Wildspitze und Schaufelspitze. Im Hintergrund die Zillertaler Alpen.

Das Wipptal

Fortezza/Franzensfeste, Vipiteno/Sterzing, Brenner, Stainach, Matrei und der Berg Isel liegen in ein und derselben Talschaft. Ein und dasselbe Tiroler ABC in Mittewald bei Brixen und in Mutters bei Innsbruck. Die gleiche Sitte, der gleiche Brauch, dieselbe Tracht. Vor einem halben Jahrhundert noch wohnten sie dort und hier auch zum Großteil in einer Art von Haus: unter steinbeschwerten Holzschindeln, die Wohnung und Stallgebäude des gemauerten Erdgeschosses in einem überdachten.
Weil sich am niedrigen Brennerpaß die Gewässer der Ötztaler und der Zillertaler Alpen scheiden, dort südwärts in die obere Eisack zum Etsch, hier in die Sill zum Inn fließen, nennt man die Gebirgsfurche seit dem Mittelalter das Wipptal. Nach dem Bild etwa einer Wippbrücke an mittelalterlichen Burgen: eine Brückenplatte, im Schwerpunkt befestigt, ist um eine Achse drehbar. Senkrecht gestellt, sperrt sie, in der Waagrechten öffnet sie den Weg über die Burggräben, zwischen Berg und Burg, Vorburg und Hochburg.
Im so verstandenen Wipptal überwölbt heute die gigantische Europabrücke die Sillschlucht, verbindet als Teil der E 6 nördlichstes und südlichstes Europa: Hammerfest über Oslo, Berlin und Rom mit der Straße von Messina.

Wipptal mit Brennerautobahn, Tirol. Links unten im Bild Stainach mit Gschnitzbachbrücke, im oberen Bildteil die Nößlachbrücken bei Grieß. Im Hintergrund die westlichen Zillertaler Alpen und dahinter die Dolomiten.

Im Schlenderschritt

Wohl kaum einer von den Zehntausenden, die früher das Inntal befuhren, nahm zur Kenntnis, daß ihn die alte B 1 über den einst idyllischen Unteren Stadtplatz der mittelalterlichen Salz- und Hafenstadt Hall führte. Ob unter zwanzigtausend Autotouristen einer ausstieg? Über versteckte Treppen, Durchgänge passierend, malerischen Giebelfronten entlang, in die Oberstadt spazierte? Zu St. Nikolaus mit Fresken und Gewölben, dem Unikum von Kapelle, in der Ritter Florian Waldauf, Freund Kaiser Maximilians I., seine Weltreliquiensammlung aufstellte. Zu St. Magdalena mit dem Haller Weltgericht, zum Stubenhaus, dem Bergmuseum oder zur Nagglburg.
Es sind in einer solch alten Stadt nicht zuerst einzelne Sehenswürdigkeiten, an die sich ein Weitgereister mit Sinn für historische Landschaften vordringlich kümmern sollte.
Mittelalterliche Ortsgründungen wie Hall fordern eher auf, zu versuchen, ihnen als steingewordene Baukonzeption auf die Spur zu kommen; das Geheimnis eines solchen über Jahrhunderte her entstandenen architektonischen Freiraums zu entdecken. Dafür sind eigentlich nur etwas Auge und viel Zeit nötig, keinesfalls ein Fotoapparat.
Schlendern wir doch einmal über den Oberen Stadtplatz, durch die Rosen-, Schlosser-, Salvatorgasse, die Eugen- und Waldaufstraße! Das Flugbild lädt auf besondere Art dazu ein.

Solbad Hall im Inntal, Tirol, von Südwesten her. Links die alte Stadtmauer. In der Bildmitte die Pfarrkirche St. Nikolaus mit Oberem Stadtplatz, Rathaus und Stubenhaus, südlich Waldaufkapelle und Bergmuseum. Rechts oben Jesuiten- und Damenstiftskirche. Südlich des Unteren Stadtplatzes, am rechten Bildrand, nicht sichtbar, befindet sich die Stadtburg Hasegg mit dem Münzturm.

Muess faren, waiss nit wohin

„Ich wirt nit ain König des Gelts, sondern ich will werden ain König des volks und aller die Gelt haben." Dem Grundsatz des Kronprinzen Maximilian folgte der König Maximilian und verkaufte die abgebrannte Burg samt Gerichten und Jagdrevieren an die Tänzl, am Schwazer Bergbau reich gewordene Innsbrucker Stadträte und Richter. Er bedachte sie auch mit dem Adelsprädikat. Die Schmelzherrn, schon längst nach einem Schloß aus, das soviel Fenster haben sollte wie es Tage im Jahr gab, sparten nicht und sprangen dem immer Geldbedürftigen bei. Erbauten Tratzberg zu einem der schönsten Schlösser Tirols. Den größten Saal zierten sie mit dem Stammbaum des kaiserlichen Gönners.
148 ranken- und ornamentumwobene, halblebensgroße Porträts der Habsburger auf 46 Metern Wand. Eine Sehenswürdigkeit von Rang.
Maximilian I., Erz- und Reichsjägermeister, war gerne zu Gast in seinen einstigen Gamsrevieren, den besten und größten des Inntales. Er jagte das Wild ohne Armbrust und Handbüchse. So lange, bis es sich ihm auf ausweglosem Riff stellen mußte. Dann stach er es mit einem Spieß, bis zu fünf Meter lang, aus der Wand.
An den letzten Ritter und Vater aller Landsknechte erinnern auf Tratzberg außer Gamsspießen zwei Kammern. Der Schloßtradition nach schätzte sie der ruhelose Habsburger als eines seiner vielen Refugien im Lande. Über eine verborgene Falltreppe erreichte er von ihnen aus die Räume unterhalb, die heutigen Fuggerzimmer, ungesehen kam er durch Kellerräume und den Zwinger ins Freie.
Mit Kreide an die Wand der einen Stube schrieb er, bis heute lesbar erhalten, seinen Leibspruch:

Leb, waiß nit wie lang
und stürb, waiß nit wann
muess faren, waiß nit wohin
mich wundert, das ich so frelich bin.

Schloß Tratzberg bei Jenbach, Tirol.

Unterm Kitzbühler Horn

Weitausschwingendes Bergland, hügelgewölbt oberhalb breiter Talfurchen. Auf den Kuppen, noch von viel Bauernwald umstanden, inmitten einstiger Rodungen mit Getreideäckern und Weideland, langgestreckt das Haus. Man betritt es an der Giebelseite unterm Türmchen mit der Eßglocke. Gegenüber, am Flurende, führt eine Tür in den Stall. Im Oberstock aus Holz, mit umlaufenden „Laaben" — auch unterm Dachfirst liegt noch eine kleine „Laube" — ist die Tenne. Eine Brücke verbindet sie mit dem Wohntrakt.
Zweihundert und dreihundert Meter höher gelegen als das Inntal, nach Norden zu geöffnet, blasen in den Kitzbühler Schieferalpen die Nordwinde kälter als in vergleichbaren Landschaften. Das Wintermittel von —5 bis —6 Grad findet sich sonst nur in Höhen um 1600. Nach reichlichem Niederschlag meist ein spätes Frühjahr mit seltenen Föhnlagen, ein ideales Gelände rundum — all das mit einigem dazu ließ das Wintersportzentrum Kitzbühel entstehen. Nach Innsbruck das größte, mit Seefeld das schönste in Tirol.
Der Fremdenverkehrsort Kitzbühel, einst durch den Bergbau groß und reich geworden, sieht sich neuerdings durch Bergbauplanungen bedroht. Es finden sich um Kitzbühel die einzigen noch abbauwürdigen Kupfererze, silberreiche dazu. Österreich muß mit ganz Europa seinen Kupferbedarf bis zu 90 % aus Übersee decken. Ein heimischer Kupferbergbau verspricht auch bei fallweise niederen Weltmarktpreisen Rentabilität.

Kitzbühler Schieferberge, Tirol. Am oberen Bildrand der südliche Ortsteil von Kitzbühel. Rechts der Schwarzensee.

Raststation auf dem mühseligen Weg zum Paß war das Krimmler Tauernhaus in 1622 Metern Höhe, unweit der Unlaßalm, im Bild links. Die getäfelte Stube in ihm zeigt die Jahreszahl 1463. Es ist die älteste im Oberpinzgau. Bis in unsere Tage noch stand Wirten hier „Tauernprovision“ zu — 1682 waren es je 10 Metzen Weizen und Roggen —, für die sie den Weg instand zu halten und Tauerngeher kostenlos zu beherbergen hatten.
Bei der Unlaßalm am Wasserfall aus dem Windbachtal zweigt der Weg zum Kreuz auf 2633 Metern Höhe ab. In zehn Kilometer Länge, zwischen Dreiherrnspitze, Birnlücke und Windbachspitze, grenzt dort seit 1919 das Bundesland Salzburg an Italien. Von Säumern, „Täurerschmugglern“, Pilgern und anderen, denen der Weg über den Krimmler Tauern im Laufe der Jahrhunderte zu einem Weg über den höchsten Tauern in ein ewiges Jenseits wurde, die in der „Ahen“ am „Crimler“ ihr Leben ließen, berichten die Matriken von Wald. Heute steigen nur noch Sommergäste zum Kreuz hinauf. Doch treiben Jahr für Jahr über den oft noch tief verschneiten Paß auch ein Dutzend Südtiroler Bauern aus dem Ahrntal Vieh zur Sömmerung auf die Almen im Windbachtal, an die 2000 Schafe, über 300 Kühe, Kälber, Ziegen und auch Schweine.
Mit mächtigem Getöse, Schwall und Gischt verläßt die im Bild mäandrisch träg hinfließende Ache ihr hochalpines Ursprungsland. Über drei riesige Stufen stürzt sie 380 Meter tief. Seit je eine Touristenattraktion, Einnahmequelle für den im 13. Jahrhundert begründeten Ort in der Chrumbe — Chrumbel — Krymel, Ausgangsstelle des alten Tauernweges womöglich schon in Bronzezeittagen.
Bereits 1899, als die Bahn bis Krimml fuhr, wollte ein Wiener Büro die Wasserfälle industriell nutzen und eine Fabrik zu ihren Füßen begründen. Pläne von 1939, im Windbach-, Rainbach- und Achental Kraftwerke zu errichten, machte der Krieg zunichte. Als nach ihm Tirol die Krimmler Ache durch Stollen zu ihren Gerlos-Zeller-Werken leiten wollte, drangen die entrüsteten Salzburger bis zum Europarat vor.
Die Krimmler Fälle erhielten das Prädikat und Diplom „National Monument“. Der Spruch alter Krimmler behielt Geltung:
Das Schönste in dem Krimmler Tal
ist vom Wirt die Kathi und der Wasserfall.

Die Krimmler Ache, Salzburg. Links die Äußere Unlaßalm, 1665 Meter über dem Meeresspiegel.

Trogtalimpression

Den Gneis des Hochtals formte das Habachkees. Noch vor hundert Jahren hing seine Zunge über dem Trogschluß. Jetzt ziehen sich Hochalmen über 1800 Meter hoch ins Tal, die große Weidalpe bis in die Gletscherregion. Weideplätze entstanden in dem stufenlosen Trogtal besonders auf den Schwemmkegeln der einmündenden Bäche.
In einem Seitengraben, beim Wirtshaus Alpenrose, grub man noch bis zu Anfang des Jahrhunderts nach Smaragden, am Gamseck früher nach Silber, oberhalb des Wirtshauses Enzian fand sich Blei.
Flechtenüberzogene Schutthalden lassen die einstigen Felsabstürze verschwinden, geben dem Tal melodischen Schwung. Nicht zu übersehen jedoch: erst der Große Rettenstein im Hintergrund ermöglicht eine so harmonische Flugbildimpression.

Das Habachtal in den Hohen Tauern in Salzburg. Vom Gletschereis geformte Talfurche, Naturschutzgebiet. Östlich von Neukirchen am Großvenediger mündet es ins Salzachtal.

Schönheit in Zahlen

Mit Gastein, Stubach und Ferleiten früher im Streit um die schönste Tauernlandschaft, ist das Kapruner Tal heute zum sicherlich imposantesten geworden.
120 Meter hoch, 357 Meter lang, im Fundament 37 Meter stark, in der Krone 6 Meter breit, staut die untere Mauer in 1570 Metern Meereshöhe über der alten Limbachalm 83 Millionen m^3 Wasser. In die 110 000 Tonnen Beton sind 287 Meßinstrumente eingebaut, um auch eine geringste Verschiebung anzuzeigen.
Die Moser- und die Drossensperrmauer oberhalb, 112 und 106 Meter hoch, 370 und 530 Meter lang — eine Million m^3 Beton —, stauen 86 Millionen m^3 Wasser über dem alten Moserboden in fast 2000 Metern Höhe. Hier stand einst das Hotel Moserboden. Von ihm aus, wippende Almböden und Wassergerinne querend, erreichte man früher, am Karlinger Kees vorbei, die Kapruner Scharte. Jenseits lag die Rudolfshütte am einsamen Weißsee.
Dreißig Kilometer Stollen durchziehen tief im Berginnern die so unberührt erscheinende Gebirgs- und Tallandschaft. Der Möllüberleitungsstollen, 12 km lang, liefert unter Dreitausendern hindurch — der Freiwandspitze, dem Sinwelleck und dem Hinteren Bratschenkopf — Gewässer von der Großglocknerpasterze, 16 bis 20 m^3 in der Sekunde. Vom Speicher Moserboden stürzt das Wasser in viereinhalb Kilometer langen Druckstollen zum Kammerwasserschloß und weiter zum Oberstufenkraftwerk Limberg. Speicherpumpen können von hier bei Bedarf Wasser mit 150 000 PS zum Moserbodenspeicher wieder aufwärts pumpen zu neuerlicher Verwendung. Bis zu 800 Millionen kWh erzeugt die gesamte Kraftwerksgruppe Kapruner Tal.
1938 begann die Arbeit am schon längst geplanten Vorhaben. 1951 konnte das Hauptwerk eröffnet werden. 13 000 Menschen haben während der zwölfjährigen Bauzeit im Tal gearbeitet, über hundert verunglückten tödlich. Noch 1955 riß während der Endarbeiten eine Lawine in den „Trögen" unterhalb des Grießkogels — der schneebedeckte Gipfel der rechten Bildhälfte — 15 Arbeiter in die Tiefe.

Das Kapruner Tal mit Moserboden und Limbachsperre, eingeschlossen von den Hauptgipfeln der Glocknergruppe. Dahinter rechts die Granatspitzgruppe mit dem Weißsee, noch weiter die Defreggengruppe. Ganz hinten die Dolomiten, deutlich erkennbar die berühmten Gipfel vom Antelao bis zur Marmolada.

Mäander bei Kaprun

Die Chroniken verzeichnen Hochwasser im Oberpinzgau seit dem Mittelalter. Riesenüberschwemmungen ließen den Talboden versumpfen, erzeugten Typhus, Wechsel- und Fleckfieber, machten die Leute zu Bettlern.
Vergeblich versuchten die Salzburger Erzbischöfe Matthäus Lang und Johann Jakob von Kuen-Belasi dem immer wieder drohenden Unheil zu steuern. Die Seitenbäche drückten den Salzachlauf jedesmal wieder an die gegenüberliegende Talseite und vermurten das Flußbett; kaum mühsam geräumt, füllte es sich bald wieder mit meterhohem Schotter. Eine „Reckung" des Kapruner Baches 1520 machte das Übel noch schlimmer. Erst im 19. Jahrhundert regulierte man mit Erfolg.
Gewaltig, mit Riesenschlingen, hat die Natur das Land gezeichnet. Bescheiden wühlten Rodungsleute und Bauern ihre Handschrift in den Boden, noch deutlich erkennbar in Linien, Farben, Streifen und Flecken. Was zehn und zwanzig von ihnen in Monaten und Jahren nicht vermocht hatten, griffelten Ingenieure und Maschinen innerhalb von Stunden in die Landschaft: kilometerlange Gerade mit Reißbrettakribie. Baucis im „Faust II" schildert das: „... Meerab flossen Feuergluten; Morgens war es ein Kanal."

Das Salzachtal bei Fürth in Salzburg, an der Straßengabelung ins Kapruner Tal. Zwischen der regulierten Salzach und der Mittelpinzgauer Bundesstraße das versandete alte Flußbett.

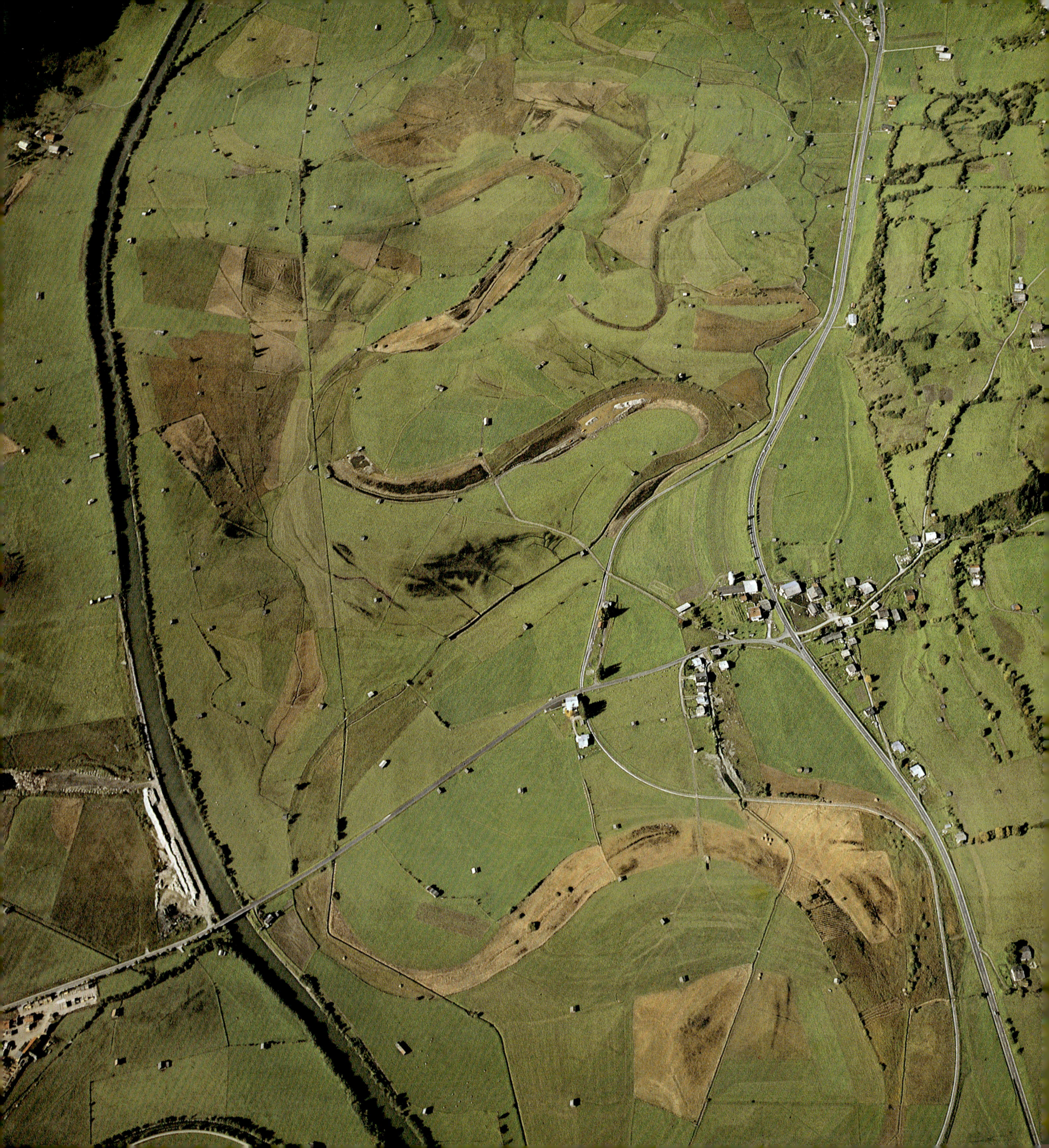

Lawinen

Erst seit in den zwanziger Jahren der Sonnblickverein in seinem Gebiet Pegel aufstellte, begann man sich mit Schneelagen, Auf- und Abbau der Decke, mit Lawinengängen und Schneebrettern systematisch zu beschäftigen. An über 800 Meßstellen entlang der 46 km langen Großglocknerstraße und ihrer Abzweigungen sind seit 1936 Winter für Winter genaue Schneemessungen veranstaltet worden. Grundlagen für Planung und Bau von Hochgebirgsstraßen. Inzwischen ist auch die Schnee- und Lawinenkunde für Touristen und Alpinisten Pflichtfach geworden. Trocken- und Naßschnee, Schwimm- und Triebschnee wurden Begriffe. Die Grund- und Staublawinen von einst spezialisierten sich in Neu-, Wild-, Pulver-, Pack-, Preß- und Firnschneelawinen, insgesamt in Lockerschnee- und Schneebrettlawinen.
Dem Problem des Hannibal, der Überquerung der Alpen zur Winterszeit, weicht der Straßenbauer von heute am liebsten aus und schlägt Untertunnelung des Gebirges vor. Den Lawinenkatastrophen und dem Lawinentod begegnet man durch Verbauungen aller Art, Anlage sicherer Pisten und durch ausgedehnte Sperrungen gefährdeter Gebiete bei riskanten Wetterlagen. Trotzdem bleibt Österreich das nach der Schweiz von Lawinen am meisten bedrohte Land. Über 470 Häuser begruben in den letzten dreißig Jahren Lawinen unter sich, 70 Kilometer Straße und 7 Kilometer Eisenbahn wurden verschüttet. Über 600 Menschen starben den Weißen Tod.

Die Großglocknerstraße unterhalb Ferleiten in Salzburg.

Schwemmkegelstadt

Die Romantiker und Ferdinand Waldmüller entdeckten die stille Schönheit am See. Bald kam Zell in den Ruf, „anerkannt Schönstes" im Ostalpenraum zu bieten: ein Steinernes Meer, Gletscher, Grasberge und die Schmittenhöhe. Seit 1850 entwickelte sich im Markt „Fremdenverkehr", nicht immer zum Vorteil seines Weichbildes.
1872 drang die Kunde an den See, die ersehnte „Lokomotiv-Eisenbahn" nach Innsbruck solle jenseits des Ufers, über Thumersbach, geführt werden. Die Zeller ruhten nicht, bis am 30. Juli 1875 das erste Dampfroß an ihrem Seeufer entlangbrauste. Vergeblich hatte der Staat, des schwierigen Geländes wegen in Verlegenheit, eine Abstandssumme von 80 000 fl. angeboten. Über das Problem einer Autostraßen-Durchfahrt konnten sich Zells Gemeindeväter bis heute nicht einigen. Unterirdisch? Unter- oder überseeisch? Entlang, oben, unten, diesseits, jenseits, querdurch oder querdrüber? Das ist hier die Frage.
Seit je von See- und Bachhochwasser bedroht, mußte der Markt schon 1890 an kostspielige Gewässerregulierungen denken. Als der Schmittenbach dann endlich verbaut war, besaß Zell eine Attraktion mehr: die erste systematische Großregulierung eines Wildbaches auf dem Kontinent. Experten und Kommissionen auch aus Übersee besahen sich die Künetten, die 243 in die Hauptrinne eingebauten Stufen und Sperren am Alpensee.
Auf dem übersonnten stillen Hauptplatz warteten vor dem Ersten Weltkrieg noch Schmittenhöhewagerln mit plüschrot überspannten, gegen die Fahrtrichtung montierten Sitzen für Tiefblick- und Landschaftsgenießer. Am 31. Dezember 1927 bereits schwebte die erste Seilbahngondel zum weltberühmten Aussichtsberg. Seither ist das Alpenflugzentrum Zell dem Berg mit Gondeln und Liften aller Art zu Leibe gerückt.
Als der Markt am 24. Januar 1928 Stadt wurde, erinnerte man sich an die Cella in Pisontia. An das Klösterlein, das Mönche im 8. Jahrhundert hier auf dem Schwemmkegel begründet hatten. Werbewirksam und im Sinne zeitgenössischer Tendenzen erklärte die Widmungsurkunde Zell jetzt zum „ältesten Ort deutscher Kultur im Pinzgau". Seither ruhte man nicht, für Fremde und Repräsentanz auch gotische Pferdeställe stilgerecht und nobelintim zu adaptieren.

Zell am See in Salzburg.

Im Jetschwung

Ein Bauer aus Osttirol hatte die Idee: zwei parallel gespannte Seile beförderten in zwei Kisten im Zug und Gegenzug, was er bisher auf dem Rücken oder mit Pferd und Wagen auf seine Höhe und ins Tal verfrachtet hatte. Das war der erste Lift.
Skifahrer ließen sich in Österreich das erstemal 1939 in Zürs am Arlberg an Seilen bergwärts schleppen. Mit gekonnten Stemmbogen, ohne viel Eleganz, kaum auch mit nennenswertem Tempo, allerdings bei jeder Schneelage und über jedes Gelände kamen sie wieder zu Tal.
Unter seltsamen Verrenkungen, mit Schulterdreh, Hüft- und Beinknick, zerpflügten zehn Jahre danach einige Dutzend der winterlichen Gleiter erste Lifthänge mit Parallel- und Kurzschwüngen. Mühsam getrettelte Hänge verformten sich jetzt rasch wieder hügelig. Das waren die ersten Buckelpisten.
Die bald immer buckligeren Steilhänge bezwang man in der Folge mit immer neuen Techniken. Vor kurzem wedelnd: den Gesetzen der Schwerkraft zuliebe im Drehmoment, dem Augenblick geringster Skibelastung, auf dem Buckelberg möglichst aufgerichtet. Seit neuestem, jetend: nach dem Beispiel eines Autostoßdämpfers im Drehmoment auf dem Buckelberg, dem Augenblick höchster Belastung, möglichst tief.
Doch bleiben so modische Eleganz und knochenverschleißende Geschwindigkeiten heute für 999 der 1000 Pistenjäger an die meist von Schneewalzen glattgebügelten Gleitbahnen gebunden.

Skipiste im Salzburgischen.

Die Stille-Nacht-Stadt

500 Meter tief, auf Bahnen und über Rutschen, fahren heute Besucher vom Dürrnberg oberhalb der Stadt unter Tag. In den Fürstenzimmern des Salinengebäudes an der Salzach können sie alte Darstellungen der Knappenarbeit im Berg, in der Hütte, auf der Trift sehen. Im Museum im alten Griestor bestätigen ihnen Funde aus Fürstengräbern und von Siedlungen aus keltischer Zeit die Existenz einer industriellen Großsiedlung an dieser alten Salzstätte schon in der La-Tène-Zeit.
Im Frühmittelalter allerdings war Hall an der Salzach im Vergleich zum „Reichen-Hall“ an der Saalach, jenseits des Berges, nur ein verspottetes Hallein-chen. Erst im 13. Jahrhundert überflügelte dieses „arme“ Hall mit 14 Sudpfannen innerhalb weniger Jahrzehnte den gesamten Salzbergbau Mitteleuropas. Durch Jahrhunderte, bis 1871 die Eisenbahn den Ort erreichte, verließ täglich Schiff um Schiff den Salzachhafen.
Vom reich gewordenen mittelalterlichen Hallein zeugt noch viel Gemäuer unter den alten Grabendächern. Im 16. und 17. Jahrhundert versteckten die vermögenden Bürger das alte Dachgewinkel hinter Mauerfronten gegen die Straße. Die älteste Stadt gruppierte sich hangaufwärts um die Kirche St. Anton Einsiedler. Deren Turm, um 1200 entstanden, stürzte 1945 ein, zwei Jahre nach einer großen Brandkatastrophe. Am Wohnhaus neben ihr liegt das Grab des Franz Xaver Gruber, Schullehrer und Domorganist allhier. Seine Melodie von der Stillen, Heiligen Nacht hat Hallein und Oberndorf an der Salzach weltbekannt gemacht.

Hallein bei Salzburg.

Windgott Rasmus

Regattasegeln ist hoher Sport, verlangt Kenntnisse, Erfahrung, Technik, vor allem aber Gefühl und Kondition.
Bojen markieren die Startlinie, die Bahn und das Ziel. Flaggen eröffnen und lenken das Rennen. Gehißte und eingeholte blaue, rote, gelbe, schwarze Wimpel mit Zeichen des internationalen Alphabets, Klassenflaggen und Startschuß gehören zum Reglement des Beginns einer Regatta. Den üblichen Olympiakurs eröffnet grundsätzlich nach dem Start gegen den Wind eine Kreuzstrecke. Zu Boje 3 über Boje 2 wird raumschots gesegelt, auf Steuerbord- oder Backbordbug. Von Boje 1 zu Boje 3 ist Vorm-Wind-Strecke, und über eine Kreuzstrecke erreicht der Regattasegler wieder das Ziel.
Zum ABC aller Regattataktik gehören: Segle dich von anderen Booten frei, mache dein eigenes Rennen! Versuche, den Gegner abzudecken, dich selbst aber nicht abdecken zu lassen! Kreuze die Luvmarke möglichst so an, daß du Wegerecht hast! Setze alles daran, bei der Wendemarke in Innenposition zu kommen!
Alte Seebären kennen das Hundert von Kniffen, haben das Gespür, um aus so gut wie jeder Position in Vorteil zu kommen, auch bei Flaute um Zollängen vor dem Gegner die Ziellinie zwischen Zielschiff und blauer Flagge zu passieren.
Unter der Unzahl von Bootskonstruktionen sind an Regatten meist die populären olympischen Klassen beteiligt. Als kleinste und billigste die Einhandjolle Finn Dinghy, als teuerste und größte — von fast neun Metern Länge — der Drachen. Seit 1969 ist die Soling bevorzugte Klasse der Spitzensegler, wie der Drachen ein Dreimannboot. Zweimannboote sind Flying-Dutchman und die seit 1969 bei Olympiaden zugelassene Tempest.
Wie jeder Sport hat auch der Segelsport seine Bräuche, sein Zeremoniell und seine Kinkerlitzchen. In solch exklusiven Kreisen ist auch das Pfeifen verpönt. Es vergrämt den Windgott Rasmus, mit dem man hier auf besonders gutem Fuß zu stehen beliebt.

Regattasegeln auf dem Wolfgangsee, Oberösterreich.

In der Einsamkeit des Abersees

In der Einsamkeit des Abersees, an der Stelle des heutigen Gotteshauses, soll Bischof Wolfgang von Regensburg ein Heiligtum zu Ehren Johannes des Täufers errichtet haben.
Der Blick auf den nebelumwölkten stämmigen Kirchturm mit dem glockigen Häubchen rückt die Heiligenlegende aus dem 10. Jahrhundert in den Vordergrund, läßt den Rummelplatz um das Weiße Rößl mit Kaiser-Franz-Joseph-Aura aus dem 19. zurücktreten. Erinnert daran, daß hier der mit dem Kefermarkter großartigste gotische Altar in Österreich zu sehen ist.
Michael Pachers väterlicher Gottkönig, eine segnende Hand, die Maria beruft, entstand ein Menschenalter vor Michelangelos Gottvaterbild: dem biblischen Zeus, der mit herrischer Geste dem Adam befiehlt.

Die Pfarrkirche von St. Wolfgang, 15. Jahrhundert, im oberösterreichischen Salzkammergut, am Wolfgang- oder Abersee. Sie birgt das Hauptwerk Michael Pachers, den bedeutendsten noch erhaltenen gotischen Altar, 1471 bis 1481 entstanden. Das Schnitzwerk im Schrein stellt die Krönung Mariens dar.

Von der Stirn der „Tirolischen Decke“

Unvermittelt ragt die Drachenwand über dem Mondsee, in jähen Abstürzen an ihrer Nordseite enden das Höllengebirge und der Traunstein am Traunsee, weiter östlich Kremsmauer, Sengsengebirge und der Schafberg am Wolfgangsee. Es ist ein und derselbe Fels: ladinischer Wettersteinkalk. Ein und derselbe Vorgang ließ sie entstehen: Im Laufe des Jahrhundertmillionengeschehens schob sich die „Tirolische Decke“, eine gigantische Kalkplatte, von Süden her nordwärts auf das kristalline Grundgebirge, über jüngere kretazische Ablagerungen.
Von der riesigen Stirnfront der Gebirgsstöcke genießen heute Wanderer herrliche Blicke ins Land. Vom Schafberg aus sieht man ein Dutzend und mehr Seen des Salzkammergutes.
Mit dem Hofwagen Nr. 1 der neuerbauten Zahnradbahn war nach der Jahrhundertwende auch der Kaiser auf den Berg gekommen. Franz Joseph und Katharina Schratt, die „gnädige Frau“ und Hofschauspielerin. Das hohe Paar hatte geruht, die Fernsicht zu genießen. Ein zeitgenössischer Besucher, dem Schlechtwetter ein solches Vergnügen verdarb, verewigte seinen Unmut im Gästebuch des Hotels: „Als ich auf dem Schafberg im Nebel war, da wurde es mir sonnenklar, daß i c h das Schaf am Berge war.“

Der Schafberg, 1783 Meter, in Salzburg.

Genehmigte Sonderausgabe für den Gondrom Verlag, Bayreuth 1983

Die Bilder wurden vom Bundesministerium für Landesverteidigung freigegeben.
Übersichtskarte: Andreas Bachmayr
Gesamtherstellung: Offset-Team Zumbrink, Bad Salzuflen

ISBN 3-8112-0335-5

4
Nußdorf
3
2
1
Salzburg
89
Hallein
88
66
67
Bregenz
Bildstein
65
68
74
76
Reutte
75
81
Kitzbühel
80
Jenbach
79
Innsbruck
Solbad Hall
87
Zell am See
Kaprun
84
Fusch
Krimml
82
83
85
86
69
Stuben
73
Außerlangesthei
78
Steinach
62
Großglockner
61
60
59
Sonnblick
Vallüla
72
71
70
Silvretta Gruppe
Stubaier Alpen
77
63
64
Huben
Schober –
Gruppe
58
Kolbnitz
56
Dellach